曽おばさんの海

班 忠義

学芸みらい社
GAKUGEI MIRAISHA

目次

第10章――永遠の残留者？

序――再刊に際して

夢を支え合う

曽《ソウ》おばさんと出会ったのは、私が十四歳の時だ。本文でも書いた通りだが、彼女は中国撫順《ぶじゅん》市の市内からバスで一時間、そこから山道を徒歩で一時間ほども歩いたところにある村に住んでいた。そこは私の姉夫婦が住む村で、姉を訪ねて行くたびに曽おばさんの家を訪ね、日本語を学び、それ以来、数十年にわたり、彼女が亡くなるまで交流を深めることになった。

中国残留婦人であった曽おばさんは私に、「人生にやり直しがあったら二度とこんなふうに生きない」と自分の人生を悔い、自分のことをよく「窝囊废《ウオノヘイ》（意気地無し）」と言った。

しかし私は「自分は窝囊废だ」と言う彼女の生涯を見つめ直し、記録し、彼女の祖国・日本の人々に示したいと思った。読者はこの本から、敵意をもつ異国の人たちと親しく共に生き、母親として子供を立派に育てた彼女の人間性、犠牲精神、知性、そして子供や周りの人間たちへの愛に満ちた思いやりを知ることができるだろう。

私自身は夢、理想を求める気持ちが強い。大切な友達、愛すべき人と友誼に満ちた関係を築くこと。やりたい仕事をする自由。そして理想的な場所で生きること。理想的な場所とは、自分がここに居たい、綺麗だと思う、自由な環境と言えようか。

幼い頃、私は作家になりたいと思っていた。そして何より、映画監督になりたいという希望を抱いていた。夢でもかなうことはないだろうと思っていたその願いは、幼い時に思っていたほど格好いいものではないが、いちおう実現したと言えよう。これも中学生の時に曽おばさんと出会い、彼女の故郷である日本に導かれたからである。

では、祖国の肉親とは音信不通、慣れない言葉に囲まれ、田舎で貧しい生活を送る色白の小柄な異国の婦人の夢はどうだったのか。戦争の底辺に生きる市民は、理想どころかささやかな夢すらすべて壊されてしまっただろう。曽おばさんはまさしく人としての選択、夢のすべてを奪われ、壊されてしまった。私には戦争の残酷さが彼女に凝縮して示されていると感じられた。

夢が壊された時、それを何か他の形に転換しないと人は生きられないものだ。曽おばさんは生涯を農婦として働きながら子供を大切に育てることを自分の理想の生き方にしようと考えた。しかし晩年になるにつれ、過酷で嫌な思いをさせられる自由のない国を出て、民主的になった祖国に戻る夢をもつようになった。そして私は、私が理想に近い人生を生きることを支えてくれた曽おばさんの夢、生まれた国に帰りたいという願いを実現することを私の第一の務めだと思い定めた。そうしなければ人間としての価値が疑われると思ったのである。

私は曽おばさん、そして彼女のような婦人や残留孤児についての正しい理解と支援を日本人に呼びかける運動の一環として『曽おばさんの海』を書いた。曽おばさんが生きた時代、踏みにじられた人生、その中に映し出された美しい人間性を伝える本書は幸い、曽おばさんの帰国に大きな役割を果たすこととなった。

共産党独裁と戦争

話はここで、曽おばさんに出会う少し前の頃に遡ぼる。

私の兄は「社会青年」として、撫順市の市内から一〇〇キロメートル以上離れた清原《せいげん》県の山村に下放させられた。下放というのは、毛沢東の主導下で一九六六年から約十年間、展開された「文化大革命」期に行われた政策である。若者全員を家から遠く離れた農山村に移住させ、農民に学び、思想改造を行うのだ。

一九六九年——。私は小学四年生の冬休みに、兄のいるその村に遊びに行った。村はとにかく遠く、朝、家を出て六時頃に汽車に乗り、十時に清原県の中心部につく。そこから二時間ほどバスに乗り、ある鎮（町）の中心地へ。そこからさらに十キロの山道を歩いてやっとたどり着く村だった。電気はなく、一〇〇世帯を超えない村人の中で、字を読める人は数人しかいない村だった。農民ではない兄たちは、村人にとっては「ならず者」のような存在であったらしい。農民から再教育を受けるために、全く教養のない農民たちのところへ送られるという皮肉。

ある村人の家に連れていかれた。兄の年齢の倍、五十歳か六十歳の都会風の人たちが二、三人いた。彼らは知識がありそうだが、タバコをスパスパ吸うのみで言葉はあまり発しなかった。その家を出た時、兄から「あの人たちは反革命犯だよ」と聞かされた。反革命犯とされる人には、前政権の地方の役人が多かった。彼らは農民政権と言える共産党による革命政権の反対勢力として、「反革命罪」の名のもとに鎮圧されるべき、というのが共産党の倫理だった。

一九四九年に建国された中国の新政権は人民民主独裁という名の下に、人体消滅とも言えるほど、前政権の役人レベルの人間を殺戮、投獄し、言論統制を敷いた。以後、七十年経った今日の政権指導部のもとでも、依然として言論監視、宗教弾圧、一般市民の洗脳教育は続いている。

反革命犯とされた人たちの一人ひとりに人間としての歴史・ドラマがあったはずである。しかし七十年間にわたる共産党政権の下で、それは触れてはいけないものとして封印され、記録が残されることもなく、その時代の歴史が失われた。そうした過去の知識が全くと言っていいほど無いため、中国においては負の歴史、もっと強い言葉で言うなら悪の歴史、人治国家と独裁政治による文化・文明に対する抑圧が繰り返されているのである。

兄が下放された村を訪れた翌年、兄より三歳年下の姉が中学校を卒業し、農村に下放させられた。姉はその村で結婚し、子供が生まれた。その姉の家の隣に住んでいたのが曽おばさんだった。私は曽おばさんと出会ったことで、一九三〇年代の中国と日本、双方の民族が多くの血を流した戦争の時代と、人間としての想像を超える蛮行の世界を知った。

こうして私は半世紀にわたって、「共産党政権の独裁」と「戦争」という二つのテーマを背負って生きることになった。その記憶は時代が変わるたびに、中国と日本のそれぞれの指導者・権力者の思惑によって、そして人々が歴史に対してどれくらい正確な理解をもっているかによって、時に選別され、隠蔽され、あるいは圧殺されてきたのではないか。

日本の現代史の空白

戦後の日本では、思想・出版の自由が憲法で守られることになった。しかし戦争の歴史については、その調査が政府主導という背景があるため、日中両国の国民レベルでの系統だった調査・検証の交流ができておらず、共通認識がもてないままそれぞれの主張が並行線に止まっているところが多い。戦争を経験した世代がわずかとなった今日では、曖昧なままだった戦争の歴史がさらに混沌とし、若い世代に混乱を与える状況になっている。

一九三二年に起きた「平頂山事件」をご存じだろうか。本文にも記したが、これは日本現代史の空白のような出来事である。

日本の傀儡国に反対する中国人グループが撫順炭鉱の鉄道施設を破壊。その報復・見せしめ行為として、日本軍は事件現場の近くにある平頂山という村の一〇〇〇人を越える住民すべてを虐殺した。

私はこの事件の経緯を母親から聞いて知っていた。

現場の遺骨は半世紀前から発掘が始まり、その一部が平頂山受難同胞記念館に展示されている。一〇〇体以上の遺骨の中には（繰り返すが、一部である）、子供らしい小さなものもあった。ところが加害国である日本では、教科書であれ博物館であれ、この事実は記録がなく、伝えられていない。この事件を記述した書籍がほんのわずかあるものの、社会全体としては全く知られていないと言っても過言ではない。

多くの日本人にとっては、異国の人間が被害者となった出来事だから関心が薄かったのだろうか。では、曽おばさんのような日本人の被害はどうか。それも日本という国では十分に伝えられているとは思えない。曽おばさんは終戦後、子供を育てるために、そして何よりも国家間の政治情勢の変化によって、日本に戻ることができなかった。戦後半世紀近くが過ぎ、祖国に帰りたいと願った彼女に対して、「中国人が好きで結婚したのではないか」「日本が豊かになったから物質的に豊かな生活を目当てにしているのだろう」と、侮辱的な言葉を日本人は発した。

平頂山事件であれ中国残留孤児であれ、出来事の本当の姿がこの国では影も残っていない。そして当事者に対して投げつけられるのは差別的で冷酷な言葉だ。

日本では、戦争とそこで日本人が行ったことを反省して謝罪し、償い、真の友好平和を建築しようとする人々と、過去を罪とせず、虐殺の人数や証拠を隠匿し、過去に蓋をする人々とが熾烈に戦っている。戦争を告白、反省する平和運動の主体は一般の日本市民だが、その反対の立場に立つ人の中には軍、官、財など広い分野の有力者がいて、その勢力が大きいことも感じている。そして両者の傍らには、こうした歴史や過去に関心を示さない多くの国民がいる。

旧軍人の多くは中国で犯した行為は不名誉なことだという思いが先行して、語りたがらない。ここには日本の文化的背景も大きく作用しているだろう。許されざる行為を、しかし何とか語ろうとする良心的な告白を受け止める環境が日本社会では整っていない。

戦後処理の不徹底さの問題もある。戦後、日本は立派な民主主義制度を樹立し、世界に誇るべき平和憲法をもった。しかし周知の通り天皇の責任を問わず、過去の官僚構造を温存したことで、民主制度は導入したものの、戦争を政策として支えた戦前の多くの勢力は無傷のまま戦後の日本に残されることになった。そして東西冷戦と朝鮮戦争が起きるとアメリカは国益を優先し、日本をいかに利用するかという統治政策へと舵を切ったとされているという。

戦後の日本与党として君臨した自民党の議員には、戦犯と言うべき人間の子孫もいる。彼らを含め、戦争責任を否定・否認し、あるいは戦後補償の問題を意図的に避け、蓋をしてきた勢力も強い。一九九五年は日本の戦争問題において、国内外で抜本的な解決をする最後のチャンスだった。戦後五十年を迎えた日本は、過去の戦争問題の総清算として、八月十五日に合わせて国会議員による国会決議案を行うことを内外に宣言した。

アジアの隣国が期待していたのは、日本政府が過去の戦争に対して徹底的な事実究明を行い、国として過ちを認めて、生存している被害者に謝罪して後世の教育に正面から取り組む姿勢を示すことなどだっただろう。しかし決議文は玉虫色で過ちをはっきりと認めず、謝罪の言葉はなかった。当時の総理大臣だった村山富市氏は謝罪の内容を含めた談話を個人として出し、アジア近隣諸国、世界からは一定の評価を得た。

そして日本が戦後七十周年を迎えた二〇一五年八月。そこで出された総理大臣の談話の中にも、過去の侵略行為と植民地支配についての公式の謝罪は依然としてなかった。それればかりか、再び戦争ができる国になる法案を可決したことは記憶に新しい。

「私は慰安婦ではない」

一九三一年の満州事変から終戦までの十四年間、日本は中国への侵略戦争を行ない、一九四一年からは太平洋戦争に突入する。日中戦争と太平洋戦争という二つの戦争を日本は行ったわけだが、日本が強調するのはいつでも、太平洋戦争において日本本土が被害を受けたことである。中国に対する侵略戦争は太平洋戦争より十年長い。犠牲者数が太平洋戦争の七倍の二〇〇〇万人と推定される日中戦争において日本が犯した戦争犯罪は、この国では完全と言えるほどに抹消され、隠されている。

一九九二年の末に東京で開催された「日本の戦後補償に関する国際会議」に、中国山西省から、万《まん》愛花《あいか》さんという女性が日本軍による性暴力被害者として参加された。私は東京に行き、本人と会った。彼女は山西省の片田舎の山村から来たという。被害者は一人ではなく大勢いたが、一番被害の重い「蓋山西《ガイサンシー》」という女性は病気で来られず、自分一人で来たとのことだった。

彼女と出会ってから約二年後の一九九五年八月——。私はハンディカム・ビデオカメラを手に、中国山西省に向かう旅に出た。中国人「慰安婦」の歴史調査と撮影を始めたのである。現地では、万愛花さんをはじめ、二日間で五名の被害者と会った。

山西省の自宅で万愛花さんに会った時、彼女が私に最初に言ったのは、「私は『慰安婦』ではありません。誰に何と言われても『慰安婦』ではありません」という言葉だった。植民地ではなく交戦国だった中国で、日本軍は部隊を最も小さい単位にして分散させ、広範囲の地域にわたる占領地を支配し、君臨した。

彼らは現地の女性たちを強制連行して監禁し、繰り返しレイプを行った。突然、家に踏み込んできた異国の軍隊に連行され、真っ暗なヤオドン（洞窟式の建物）に閉じ込められ、複数の言葉さえ分からない異国の兵隊から性暴力を受けるのである。私が出会った女性たちは、いわゆる慰安所に監禁され、経営者の下で働かされて性暴力を受けるような、植民地下にあった朝鮮半島出身の慰安婦の被害形態とは異なっていた。

こうした性暴力は海南島、雲南省、広西チワン族自治区でも行われたが、共産ゲリラが活動する山西省での被害は特に甚大なものだった。日本軍は八路軍（日中戦争時に中国の華北方面で活動した共産党軍）の根拠地に壊滅的な打撃を与えるため、いわゆる三光作戦の名の下に掃討作戦を繰り返した。万愛花さん自身、共産ゲリラの協力者として日本軍に捕まり、拷問を受けた。日本軍が彼女に加えた暴力は性暴力であり、同時に人間そのものを破壊する行為だった。

万愛花さんが「私は慰安婦ではない」と言っていたのは、軍が管理する制度として設けた慰安所で働かされたのではなく、そうした制度の「外」で、むき出しの性暴力にさらされ続けた被害者であることを訴えていたのだ。そうした性暴力は、日本兵が設置した強姦所、日本軍将校などに連行され監禁状態におかれた現地妻などさまざまであった。日本軍によるゲリラ掃討作戦から逃げ遅れた女性に対し、集団で強姦が行われることもあった。

数週間、数ヵ月にわたってそういう境遇に置かれていた女性たちは、当時かかった病気だけでなく、その後、さまざまな後遺症・合併症で苦しまされることになった。最初の調査で出会った女性たちは皆、心臓病、婦人病、肺気腫などの病いにかかっていた。二日間の調査を終えて別れる時、陳さんというおばあさんから、検査だけでいいから病院に連れていってくれないかと真剣な顔で哀願された。前述のガイサンシーはすでに亡くなっていた。手当てをしないと第二、第三のガイサンシーが生まれるだろう。当時、まだ学生の身分だった私は即答できなかったが、日本に戻って募金を集め、医療支援をすることにした。

二〇一〇年代に入ると、彼女たちは高齢や病気により次々に亡くなった。この時期、日本国内では歴史修正主義が一層の強まりをみせていた。そして「慰安婦」の存在を巡っては、女子挺身隊などの名目で多くの女性が朝鮮半島から中国へ送られたことは数々の証言で明らかであるにもかかわらず、「強制連行」の有無を争点とし、その証拠が見つからないなら女性たちの自己責任だとする論調が強まっていた。

その中で、一九九五年から二十年以上かけて撮り続けてきた万愛花さんをはじめとする女性たちの映像をもとに、多くの日本人の方々の支援を得て『太陽がほしい――「慰安婦」と呼ばれた中国女性たちの人生の記録』というドキュメンタリー映画が完成した。

そこには記憶の選別と暗殺があった

こうした戦時性暴力の被害は、加害国の日本だけではなく、被害国である中国でもあまり知られていない。中国の政権は、それが政権運営維持にとって都合が悪いと考えるなら取り上げないのである。私が調査に入った山西省は八路軍が村民の協力を得た地域であり、そこで日本軍が女性たちに苛烈な被害を与えたという事実を取り上げても政権の利益にならないので、政策的に取り上げないままになったのである。

中国で「慰安婦」問題をはじめとする戦時性暴力の被害が公になったのは、実に一九九〇年代に入ってからのことである。

日本軍が中国から撤退した後、中国国内では国民党軍と共産党軍による三年間にわたる国共内戦が起き、勝利した共産党は朝鮮戦争に参戦、さらに三年間、戦争が続くことになった。朝鮮戦争の休戦後、中国は高度経済成長を図る時期を迎えるが、毛沢東による拙速な経済成長政策は失敗。飢饉が起き、日中戦争を上回る三〇〇〇万人の死者を生み出した。

こうした状況下で、毛沢東と、党中央国家主席であった劉少奇、党書記局書記長の鄧小平が対立。

先述の下放などをはじめ国民を巻き込む文化大革命という権力闘争が始まる。この権力闘争は劉少奇、鄧小平が失脚して終熄したが、政治闘争によって国内の政治経済的な危機はさらに深刻なものになった。そして国外では同じ共産主義陣営であるソ連とのイデオロギー的対立が激化。中国は内憂外患となった。

毛沢東と周恩来はソ連に対抗するため、共産主義陣営にとって本来は敵であるアメリカと手を握り、日本との国交を回復することを政権維持の最優先課題とした。中国は戦争被害の調査や戦争責任の追及を徹底することなく、国家としての損害賠償請求を放棄し、その引き替えに日本から経済援助を得るという取り引きがなされた。

国民の頭越しに両政府が成立させた損害賠償請求の放棄に対し、当時はまだ多く存命していた戦争被害者たちは強く異議を申し立てた。しかし中国政府は日中友好というスローガンの下、こうした国民の声に耳を傾けることはなかった。

一方、韓国では一九九〇年代に入って民主化が実現。国民の人権意識の高まりとともに元「慰安婦」の女性たちが声をあげ、日本軍による性暴力が広く知られることになった。万愛花さんが日本を訪れ、中国人の性暴力被害女性として初めて訴え出たのはそのすぐ後、一九九二年のことだ。しかし同年、日本の天皇が中国を訪問。一九八九年に起きた天安門事件に対し、西欧諸国がとっていた対中国経済制裁を解除するために、また再び日本との政治的な駆け引きをすることを選んだ中国で、万愛花さんの訴えが聞き届けられることはなかったのである。

加害国の日本はどうだろう？　先述の通りだが、旧軍人はこれを恥ずべきことと受け止めて多くを語らない。日本政府もナショナリズムを扇動するのに都合が悪く、また賠償請求への恐れなどから声を封じ、教科書やメディアから削除して、一般国民の記憶から抹消しようとしてきた。

　性暴力を受け続けた女性たちの記憶はこうして、永遠に暗いヤオドンに埋もれてしまったかのように、被害者の体とともに消えてしまった。

メディアの意義

『曽おばさんの海』が刊行された一九九二年当時はまだ、日本でも戦争を経験した世代が多く生きていた。六十～七十代となっていた彼らは戦争で体験したことを心の痛みとして、良心の呵責とともに私に訴え、伝えてくれた。そして多くの方々から好意に満ちた感想をいただいた。

その時、私は日中の歴史とそれに翻弄された一人の女性の生涯を多くの日本人の市民と共有することができたような気がした。そして本書は日本の有識者・文化人の目にとまるところとなり、第七回「ノンフィクション朝日ジャーナル大賞」を受賞した。

受賞を曽おばさんに報告した時、彼女はこんな返事をくれた。

「これから作家の道が開かれたので、大いに活躍してください」

私が作家として竜門に登ったと、彼女は錯覚したようだ。

雑誌の大賞をとることは当時の中国では並大抵のことではなかった。一九九〇年代の中国は西側の先進国を目指していたものの、その直前の一九八九年に天安門事件が起こり、言論の自由度や政治に対する関心度は大きく下がっていた。

しかしその前の十年あまりは「改革開放」（文化大革命後の経済を立て直す目的で実施された、市場経済への移行を推進する経済政策）を背景に、映画・雑誌などのメディアが著しく成長し、それらの社会への進出は目覚ましいものだった。

市民から見て斬新な姿でエンターテインメントの王座を占めていたのは雑誌で、その中でも文学雑誌が一番だった。彼女の住む田舎では、一冊の文学雑誌が常に韋編三絶（何度も繰り返し熱心に読むこと）するまで転々と回し読みされていた。雑誌に文章が載っただけで偉いと思われるのだから、雑誌の大賞を受けた人は著名作家に他ならず、自分の「教え子」が外国の雑誌の賞を受けるなど想像もつかないことだっただろう。

私は曽おばさんへの受賞報告の手紙で、同賞の選考委員の一人が映画『サンダカン八番娼館――望郷』の原作者、山崎朋子であることを伝えた（原作のタイトルは『サンダカン八番娼館――底辺女性史序章』）。同映画は「からゆきさん」と呼ばれた日本人女性の実像を描き出した作品である。

この映画は、その時代に生きる中国人なら、よほど辺鄙な田舎に住む人間でないかぎり知らない人はいないと言えるほど有名だった。一九八〇年代の中国は経済だけでなく文化的にも管理・統制が緩和され、いわゆる西側文化の中国進出が許されるようになった。しかし西側といってもアメリカやイギリスのような地理的にも文化的にも中国から遠い先進諸国のものではなく、中国に近く、文化的にもそう離れていない日本の作品が一番先に入り、好評を得た。

中国人に最も衝撃を与えたのは、高倉健主演『君よ、憤怒の河を渡れ』、栗原小巻主演『サンダカン八番娼館——望郷』、そして『人間の証明』という三本の映画だろう。いずれも中国語のタイトルは『追捕』『望郷』『人証』と短く二文字にまとめられていた。今でも高倉健、栗原小巻の名が多くの中国人に知られているのは、その時代の名残である。

朝日ジャーナル大賞を受賞したことが、私自身にある覚悟を引き起こしたのも確かだった。記憶は社会と文明の基礎であり、記憶の土台となるのが書物や映画である。そして書物や映画には、歴史的な事件とそこに生きた人たちそれぞれの人生を伝え、後世の人々に教訓、知恵、素養、そしてより正しい生き方を教える役割があるのだ、と。

曽おばさんの人生を精神の糧に

その後、私はドキュメンタリー映画の監督になり、『亡命』『太陽がほしい』といった作品を手がけた。

それらの映画を上映する会場で、映画を観にきてくださった多くの方々から、「『曽おばさんの海』は良かったね。人に紹介したいけれど、どこかで買えますか」とお尋ねを受けた。曽おばさんの生き方と人間性が今も日本人読者の心に残り、日本人読者と私の精神的な絆、共有された記憶となっているのだ。

同書が再刊されるなら、彼女の人間性と心象の記録が中国人と日本人の新たな信頼と友情へとつながっていくのではないか――。

本書が刊行から二八年を経て再刊されることになった所以《ゆえん》である。

戦争によって人生を引き裂かれながら生き抜いた人間のドラマが、これからの波乱の時代に生きる新しい世代の人たちにとって大きな力と精神的な糧になることを願っている。

班忠義

第1章　出会い

曽おばさん

私の一家は中国・撫順で暮らしている。撫順は、中国東北部にある古い炭鉱の町である。この町で生まれ育った私の姉は、一九七〇年に中学校を卒業すると同時に、折から全国的に展開されていた〝知識青年上山《じょうさん》下《か》郷《きょう》〟キャンペーン（都市部の中学校、高等学校の卒業生や大学生を農村で働かせることを通じて思想改造をして、社会主義国家建設に協力的にさせる政策）に巻き込まれ、山奥の片田舎に行かされた。たいへんな僻地で、その村には都会から来た女性が姉を含めて五人しかいなかった。そこで土地の農民たちから、「五輪の花」と呼ばれたという。

花とはいうものの、痩せ衰えたその土地では咲くことはできなかった。山地の水が合わなかったためか、ある夏に帰ってきた姉は、手指の関節が異常に太くなるカシンベック病にかかっていた。こんな場合、父親が共産党幹部であれば、適当な手続きで市内に呼び戻してもらえる。しかし私たちの父は炭鉱労働者にすぎず、どうすることもできなかった。兄も遠い清原県《せいげん》に下放されていて、家には両親と小学生の私が残っているだけだった。時には極貧の地にいるこの兄と姉にお金を送らなければならないので、一家の生活には余裕がなかった。

一、二年経ち、姉は隣の山村に同じように下放されていた胡《フ》さんという青年と知り合い、恋に落ちた。胡さんのお父さんはある電気工場の工場長なので、わりあい家柄もよく、私の両親も結婚に反対はしなかった。当時の〝上山下郷〟運動は、全国的にほぼ強制的に行われたため、共産党幹部の子供たちも免れることはできなかったが、父親の職権によって自宅に近い農村に行かせるとか、機会をみて優秀な青年として選抜し都市に戻させるなど、いろいろな便宜を図ることが可能であった。

その後、姉と胡さんは結婚して、胡さんのお父さんのおかげで、撫順市に近い撫順県河北人民公社（当時の「地区」の呼称）蓮島湾村に移り住むことができた。そこは市内からバスでほぼ一時間、バスを降りてからまた一時間の山道を歩いてやっと辿り着く、丘陵に囲まれた村だった。

ある日、実家に帰ってきた姉が嬉しそうに、四百元の部屋を一つ自力で買ったと言う。当時でも四百元は自転車二、三台が買える程度の金額だったから、どんな部屋を手に入れたのか、皆不思議に思った。その晩の姉の話は新居のことばかりだった。草ぶきの日干しレンガ造りの家で、屋根の繋がった三軒長屋のようなものらしい。姉夫婦はその真ん中の一軒に住んでいるとのことだった。

面白かったのは両隣の家族の話で、左隣は〝不倫妻〟として陰口を叩かれている家族であるという。

夫が瀋陽《しんよう》（かつての奉天）の大学に合格し、妻と三人の子、そして夫の父親を残して瀋陽に行ってしまった。その夫は年に数回しか家に戻れないのに、妻に四人目の子供が生まれた。どうしても自分の子とは信じられない夫は離婚届を出して家を出たが、妻は四人の子供と夫の父親と共にそこで暮らしている。そこで村人たちから不倫の仲と疎まれ、村八分になっているらしい。村八分の〝不倫妻〟と付き合ってくれるのは、右隣に住むおばさんだけだった。

「そのおばさんは日本人だそうだけど、とても貧しくて部屋には何もないの。おばさんは本当に働き者だけれど、ご主人は怠け者で気が短いのよ。よくおばさんを殴ったりして、時にはオロロロ……と歌うようなおばさんの泣き声が聞こえる。あのおばさんは本当にかわいそう」

姉は同情した口調でため息を漏らした。

市内には数人の日本人妻がいると耳にしたことがあったけれど、そんな田舎に日本人女性がいるなんて初めて聞く話だった。なぜそんな田舎で生きてきたのか、どうしてそんな乱暴な夫と生活しているのか……。姉の話は、私の脳裏に深く刻みつけられた。その時から、どうしても姉の新しい家に行ってみたい、そのおばさんに会ってみたいという気持ちが強くなってきた。私が中学校に入学したばかりの一九七二年のことだった。

その年の夏休みに姉から手紙が来て、夫と一緒に家を留守にするから、飼っている豚や鶏の世話を私に頼みたい、という内容だった。

私は嬉しかったが、同時にバスを降りてからの五キロという長い山道を思うと気が重くなった。

　私はこれまでに一度だけその村へ行ったことがあった。里帰りして出産した姉と生まれたばかりの姪を送るためで、冬の寒い日だった。姉夫婦は、当時まだ今の部屋を手に入れていなくて、ある農家の一室を借りて暮らしていた。寒天の下、赤児を抱いて五キロの山道を歩くのは本当につらかった。山奥から唸りを上げて渡って来る寒風が容赦なく顎や指先を切り裂き、泣きたくなるほど痛かった。市内ならばこれほどまでに寒くは感じられないのだが、低くうねりながら続く丘陵に挟まれた雪原に黒い蛇のように流れる小川に沿った山道は、信じられないほど寒かった。指先の感覚がなくなっているため、赤ん坊をくるんだ布団の下側が開いているのに気付かず抱いていて、姉がびっくりして近くの農家に立ち寄り、整え直した思い出もある。

　大陸性気候の特徴だろうか、冬にはあれほど寒かった道も、夏は雲一つない青空から目映い太陽が照りつけ、汗を吹き飛ばしてくれる風もない。冬の間、雪に埋もれていた山道は、夏には延々と続く砂原だった。その砂が、まるで天津甘栗を作るために熱した小石のように熱い。槐《えんじゅ》の木があちこちに見受けられたが、木がまだ若くて木陰を望むべくもなかった。

　やっとの思いで村のある丘に達した。低くうねりながら連なる青山に包まれた蓮島湾の村は緑の田畑に小川が流れ、土色の古い家屋と赤いレンガの新しい家屋が交ざり合い、私の目にたいそう美しく映った。村の子供に案内され、私は姉の新居の前に着いた。

　草ぶきの屋根は黒く変色し、雑草さえ生えている。土壁の表面は剝がれていて、すぐにも朽ち果てそうなボロ家だった。その真ん中の一軒のドアが開いて、姉が出てきた。

ちょうどその時、長屋の後ろの畑から、小柄なおばさんが戻ってきたので、姉が私を紹介してくれた。

「いつも会いたいって言ってたでしょう。この方が日本人のおばさんですよ。早くご挨拶をしなさい」

姉は私の頭を手で前に押さえてお辞儀をさせた。私はちょっと照れくさくて、どんな挨拶をしてよいのか分からなかった。おばさんは微笑んで小声で何かつぶやいた。紺色のズボンを履き、濃い灰色の上着は、丸襟でボタンが脇についている中国東北地方の伝統的なデザインだった。ズボンの膝の部分には数枚の継ぎ布が当ててあった。服装からは間違いなく中国人だが、当地の農婦と比べると肌は白くてきめ細かく、目が大きく綺麗だった。このおばさんこそは、抗日戦争の映画で見た、中国人俳優が演じる日本兵以外で、私が最初に出会った日本人だった。姉はこの会ったばかりのおばさんを「曽おばさん」と呼ぶように教えてくれた。

姉一家が急いで家を出たため、私は一人取り残されて寂しい気分だった。オンドルの上に横になり、ぼんやりと天井を眺めると、そこに貼ってある紙の破れ目やシミが絵のように見える。大口をあけて吠えている犬、頭を下げて水を飲んでいる牛など、さまざまなイメージが浮かび上がってくるのだった。そんなことをして気を紛らせているうちに、いつしかうとうと眠ってしまった。

不意に外から曽おばさんの声が聞こえた。時計を見ると午後四時半で、姉が私の食事の世話を頼んでおいたらしく、曽おばさんは簾《すだれ》一枚で隔てられた北向きの台所に入ってきた。そして器に米を入れ、ご飯の炊き方を私に教えようとした。彼女は何かしゃべっているのだが、私には全く分からず、ただうなずいているしかなかった。曽おばさんは米を綺麗に洗ってから、小指を水に立ててみせた。水の量は米の上に小指一節くらいでよいと言っているらしく、私は納得した。曽おばさんはとても優しかった。

悲しい歌声

日が暮れて、窓の外の山々も黒いシルエットになっていった。村の有線放送も終わり、あたりが急に静かになると、左隣の〝不倫妻〟のかん高い声だけが、とぎれとぎれに聞こえてきた。普段は夕食をすませてからも友達と遊び回っている私は、ここでは屋根にとまっている燕の家族のささやきや、遠くから聞こえて来る牛や馬、豚などの鳴き声を聞く他は、することが何もなかった。私は田舎の静寂に耐えられそうにない気持ちになった。

ドアが叩かれて、曽おばさんが入ってきて話しかけた。依然として意味の取りにくい話し方だったが、「一人では寂しく思うだろう。うちに来ないか」と言われたのだろうと私は想像した。ちょっと曽おばさんの部屋を覗いて見たい気持ちもあったから、私はついていった。

曽おばさんの部屋は姉たちのと同じ型だった。オンドルにそった北側に、簾一枚を隔てて台所がある。広さは、日本でいう六畳間くらいで、台所は三畳ほどだった。よく見ると、姉たちの部屋と曽おばさんの部屋は本来一家族用のもので、それを無理やりに二つの部屋に分けているのだった。

曽おばさんの家はオンドルの上にたんすが一つ置いてあり、その上に布団が数枚畳んでのせてある。土間には軍隊用の銃弾箱が二つあって、椅子として使っているようだった。箱の中には米などの食糧が入れてあるらしい。普通の農家ならラジオや自転車などコミュニケーションと移動のための必需品を持っているのだが、このおばさんの家には布団、銃弾箱、たんす以外には何もなかった。すでに初老の夫婦なのに、家財はそれだけで、若い姉夫婦の家と変わりなかった。

手持ち無沙汰でつまらなそうな表情の私を気にしたのか、曽おばさんは、数冊の表紙もない傷んだ本を出してくれた。それらは国語教科書や、毛沢東語録のようなものだった。村では本が買えないから、曽おばさんにとっては愛読書だったのかもしれない。しかし私にはちっとも興味のもてない代物だった。むしろ私には、天井や壁一面に貼ってある黄色く色褪せた古い新聞を読むのが楽しかった。五年も十年も前の新聞記事は、自分の知らない時代の出来事を伝えてくれる。

おばさんは私が寂しく感じないようにと思ってか、よく話しかけてくれた。しかし私は、その意味を推測するので精いっぱいだった。その後の付き合いで次第に慣れて分かるようになるのだが、それは私がいくつかのポイントを発見したためであった。

たとえば中国語では、第一人称「我」をWOと発音するが、彼女は、WOREと発音する。中国では重さの単位に「斤」を使っていて、一斤をYIJINと発音するが、彼女はこれをYIKINという。村の人々は彼女を呂律の回らない人というが、今から思えば、彼女は日本語の発音をそのまま中国語に混ぜ合わせた言葉をしゃべっていたのだった。

しかしその時の私は、ちょっとしたコミュニケーションだけでものすごく疲れてしまって、間もなく姉の部屋に戻った。村は月明かりで金箔を施したように輝き、遠い山の若松さえもはっきりと見えた。私は窓際に座って、市内から帰ってきた馬車の行列が黒く影絵のように動いているのを眺めていた。馬の重いひづめの音や御者の掛け声が去っていくと、水を打ったような静寂だった。

どこからか、女の歌声がひそやかに漂ってきた。穏やかな小さな声は、時折すぐそばまで近づいて来る。

「HARUKORONO……」

意味の分からない歌詞と憂愁に満ちたメロディーだったが、やがて隣のおばさんが歌っていることに気付いた。何とも言えない寂しさと悲しさに襲われ、私は泣きたい気持ちになった。

曽おばさんはなぜ、このような憂いを帯びた歌を歌うのか。両親や故郷が恋しいのか、それともこの世を去った肉親を思い出したのか。このおばさんが平凡ではない人生を送ってきたらしいことを、歌声の中から私は感じ取った。

歌声は長々と夜空に響き、止んだと思うと次の歌が始まるのだった。近所の人々は、この歌声に慣れてしまったのか、それとも異国のメロディーを好ましく感じないためか、歌声は死のような静寂の世界に何の変化ももたらさなかった。もし市内だったら、部屋の周囲に何重もの人垣ができるだろう。

遠くからザッザッと足音が近づいて来ると、歌声はピタリと止まった。足音は私のいる部屋の前を通り過ぎて隣のおばさんの家に入り、ドアを閉める音とともに村全体がしんと静まり返った。私もいつしか、うとうとと眠ってしまった。

翌朝早く、目の大きい日焼けした四十がらみの女性が訪ねて来た。明るい性格なのか話し声も大きく、自己紹介からこの人が左隣の〝不倫妻〟と呼ばれているおばさんだと分かった。そして、その後彼女から、曽おばさんのことをいろいろと聞くことになるのだった。

昼ごろ、私は曽おばさんのご主人と下の娘さんに会った。娘さんは母親に似て色が白く、目がきれいだったが、二十歳ぐらいの花咲く年頃だと思えるのに、彼女の姿は痛々しかった。両足がひどく内側に曲がってX字形になっている。

曽おばさんのご主人は無愛想な人で、私が挨拶した時も、ただうなずいただけだった。半袖のシャツを着てリヤカーを修理していたが、その右腕が思うように動かないらしい。近付いて見ると、肘のところ四二日月形の大きな傷跡があった。

二、三日後に上の娘さんが二人の子供を連れて市内からやって来た。上の子が小学校に上がったので、夏休みになってからおじいさんのところに来たのだという。

曽おばさんたちの下の娘さんは曽恵栄といって両親の姓と一致しているが、上の娘は王芳栄というとのことで、今のご主人の子供ではないのかもしれないと思った。初めて知り合ったこの四人家族の一人ひとりが心や体に何らかの〝傷跡〟を持っているのが感じられ、それが私の心に引っ掛かった。

一曲歌手

初めて姉に曽おばさんの話を聞いた時、すでに私の心の片隅には日本語を学びたいという願いが潜んでいた。実際に曽おばさんに会ってみるとそれは熱願となって燃え上がり、抑えきれないほどだった。十四歳ですでにいくつかの挫折と失敗を経験していた私にとって、それは未来への希望の炎とも言えるものだった。

私は一九六六年の夏、小学校に入った。私たちの小学校は撫順炭鉱のボタ山の上にあった。現在は華山小学校となったが、当時は安澤路小学校といった。

最初の一年は漢字や算数などをしっかり勉強できたと思うが、翌年になると無産階級文化大革命が始まり、世の中は激変した。昨日までにこやかに挨拶を交わしていたおじさんおばさんたちが、いきなり険しい形相で口論したり、揚げ句の果てに摑み合いをする。学校に行くと、「授業をボイコットして革命を」というスローガンがあちこちに貼られ、私たちの教室も六年生たちの「革命本部」になって、入ることができなかった。

一年ぐらい経って、再び教室に戻ることができたが、すでに教室の壁も机も椅子も目茶苦茶に壊れていて勉強できる環境ではなかった。先生も職を奪われたり、病気を理由に休職を申し出たりする人が多く、教師と教室の不足で学校は全部二部制となり、一日二時間ずつ登校するようになった。その時から五年生で転校するまで、私のクラスにはずっと担任の先生がいなかった。

その後、毛沢東の「工人階級必須領導一切！（労働者階級がすべてを指導する）」という「最高指示」によって私たちの小学校にも労働者毛沢東思想宣伝隊（以下、労働者宣伝隊）が入り、私が中学校を卒業するまで、学校という学校のすべての実権をこの労働者宣伝隊が握っていたのである。また「世界一片紅（世界中を赤い世界に）」というスローガンのもとで、校舎の外壁は全部赤いペンキが塗られ、学校の名前も「紅衛二校」に変えられた。

一九六八年、中ソ関係が緊張状態となり、六九年には国境の珍宝島で衝突が起こって、全国的に戦争準備を強いられることになった。「学軍（解放軍に学ぶ）」運動が展開され、私たち小学生も学校の周りで防空壕を掘り、毎日木製の銃を持って通学するようになった。朝の体操の時間も体育授業も軍事訓練となり、朝七時半から一時間の行軍訓練をする。勉強の時間がとても少なく、自習だけで一日の授業が終わることも珍しくなかった。

またその後、遼寧省《りょうねいしょう》（現・瀋陽県）では、自省だけで食糧を自給自足するという「農業翻身」キャンペーンが行われた。重工業基地として知られる遼寧省は工業人口が多く、長年、他の省や国から食糧供給を受けていた。当時の遼寧省革命委員会主任のポストを兼ねていた同省軍区司令官の陳錫聯《チンシャクレン》は、他省からの食糧援助を受けずに自力で食糧問題を解決する旨を表明した。これは中央権力にのみおもねって、省民に犠牲を強いた政策だった。

その結果、きびしい食糧配給制度が敷かれた。当時「粗糧」と呼ばれていたトウモロコシの粉とコーリャンなどは割合多く配給されたが、「細糧」と呼ばれた米や小麦粉は一人あたり月に一キロか二キロずつしか配給されず、食用油は三両（一五〇ミリリットル）だけだった。市民たちはこの配給制度に不満を募らせ、当時の責任者である陳錫聯に「陳三両」というあだ名をつけた。

そのキャンペーンの一環として、私たち小学生、中学生に割り当てられた任務は「拾糞《シーフエン》」（肥料にするために、路上や野原で家畜の糞や人糞などを拾い集めること）だった。冬休みに一人当たり最低限二百五十キロ、多く集めれば集めるほど表彰される。だから、毎朝早く、真っ暗なうちに起きて「拾糞」に行かなければならない。少しでも遅くなると他の人に拾われてしまうからだ。

どこかで家畜や人間の排泄物を見つけると本当に嬉しかった。学校の糞肥収集場で四、五人の生徒が力を合わせて糞を満載したリヤカーを押して来るのを見た時は、本当に羨ましかった。学校からキロ数の書いてある「糞票」をもらう時は胸がわくわくした。共産主義青年団の判を押した「糞票」は、お金と同じように思えたのだった。

冬休みが終わると、学校の最初の日に自分の「拾糞成績」を先生に報告する。私はノルマの倍の五百キロを拾うだけで精いっぱいだったが、クラスメートの女生徒・華淑芬《ファシユウフエン》は何と五千キロも拾い集めた。先生は彼女の凍えてひび割れた両手を高く掲げてラフス全員に見せ、甲高い声で「見なさい！彼女こそ、拾ったものは汚いけれど、心は綺麗な人です」と言った。

彼女は五千キロの糞を拾ったことで、一躍学校一の優秀学生となった。その時代には、勉強の成績のいい人が評価されるのではなく、彼女のように党の、学校指導者の命令を黙々と実行する人こそ評価されるのだった。多くの児童が便所の糞を盗んでしまうので、農村から来る糞尿収集車も、空っぽのまま帰らなければならなかった。

「学軍」にしろ、「拾糞」にしろ、どちらも体を動かすことだったので、教室の椅子に二時間も縛られると、嫌になった。勉強の時間は短いほど嬉しかった。というのは、大豆畑の中や線路のそばでの「捉蟋蟀《ズオシシウアイ》（コオロギ採り）」に時間を長く取ることができたからだ。

その頃の私の一番の楽しみだったのは「闘蟋蟀《ドウシシウアイ》（コオロギ同士を闘わせること）」で、それゆえ秋が一番好きだった。あちこちにコオロギの歌声が聞こえるこの季節には、いつも家で五、六匹を飼い、仲間との勝負に賭ける。だからその当時の夢は、一番パワーの強いコオロギを捕まえ、育てることだった。

冬は私には一番悲しい、残酷な時期だった。せっかく捕まえて育てたコオロギが次々と死んでしまう。私はいつも自分のコオロギが冬を乗り越えて生きてほしい、来年も続けて仲間のコオロギと闘ってほしいと願っていた。そのためにコオロギを入れた瓶を地下に埋めたり、家の中の暖かいところに置いたりして工夫したが、いずれも失敗だった。

意外な反響

こうした遊びに夢中だった幼い私にも、暗い影が心にさすこともあった。それは小学三年生になった秋、兄と姉が相次いで農村に行かされたことだ。

ある日遊びから帰ると、姉の出発を見送ってきた母がオンドルの上に座って涙を流していた。母は

「お前は毎日コオロギ遊びにふけって、ちっとも本を読まない。きっと将来は兄さんや姉さんと同じように農村に行かされるよ。農民になるよ」と言って顔を覆った。しかし私は、兄や姉と別れる時、悲しいとは思わなかった。いつかまた戻って来ると思っていたからだ。それに農村にはもっと多くのコオロギがいるから、楽しいところに違いないと信じていた。

その翌年、姉より前に農村に行って結婚していた兄が、私を自分の家へ連れていってくれた。兄が下放されたところは、清原県南山城公社大泉眼村といった。兄と一緒に朝五時に撫順の家を出て、汽車で二時間ぐらいで清原駅に着いた。しかしその後、バスで山道を揺られ、さらに山道を歩いて兄の家に着いた時には暗くなっていた。大泉眼村には電気がないため、炎が風に揺れる「煤油灯《メイヨウデン》（ランプ）」の印象が深かった。

兄夫婦は同じ撫順から下放された青年・張吉順さんと彼の婚約者と一つの部屋に住み、南北二つのオンドルの間を厚手の布一枚で仕切っていた。もちろんささやき声でも、お互いに聞こえてしまう。

翌朝外へ出ると、周囲は高い山々に囲まれて、井戸に落ちたような感じがした。ラジオ放送も、音楽も、遊ぶところも何もなく、つまらなくて一週間も経たないうちに、どうしても帰りたくなった。兄は、こんな遠いところに連れてきてやったのに、すぐ帰りたいと言ってもできない、もう少し我慢しなさいと厳しい表情で言った。そして一ヵ月後にやっと家に送ってもらった。自分の将来に、こんなところが待っていると考えただけで、私はぞっとした。

その時代こうした運命から脱出するには、人民解放軍の兵士になる他は道がないようだった。解放軍に入ったら、衣食住は国から提供され、毎月小遣いももらえる。人々に尊敬され、除隊すれば、市内の役所や大企業に配属される。ところが解放軍に入るには、「居民委員会（隣組）」の推薦を初め、厳しい政治審査を受けなければならない。とても個人の努力でできることではなかった。

ちょうどその頃、私の生活にある変化が起こった。

姉が農村に行く前から、撫順では「忠字舞」を踊り「忠字歌」を歌って、毛沢東に忠誠を表す運動が展開された。夏にはちょっとした空き地に電灯を引き、一家族一人の代表を出して、毛沢東を讃える踊りや、毛沢東の語録に曲をつけた歌などを歌う。

ある夜、私は家の代表として歌を一曲歌うよう、周りから勧められた。私はこれまで、正式に人の前で歌ったことがなく、大きな輪の中に立ち、みんなに前後左右からじろじろ見られながら歌うと思うと、恥ずかしかったが、目を閉じて「草原讃歌」を歌った。すると思いもかけない反響が起こった。拍手はなかなか止まず、みんなもう一曲、もう一曲と叫んだ。しかし私は大変困った。今まで「闘蟋蟀」に夢中だったため、それほど多くの歌を知らなかった。仕方なく同じ歌を二回歌った。

これが噂になり、まもなく学校のクラスでも「宣伝隊」を作って、私は四、五人の女子生徒と一緒に電車の駅のホームや車両の中などで、踊ったり歌ったりするようになった。どこでも歓迎を受け、撫順市のほとんどの路線、駅を回った。

その後、学校の毛沢東思想文芸宣伝隊員に選ばれた。そこに入ってからは、こういう「文芸活動」を専門にやるようになり、毎朝、学校に行くとすぐに練習を始め、昼間は外へ出かけて演じ、夜遅く家に帰る。授業にもほとんど出なくて、試験の前だけ学校のベテランの先生が復習指導を行い、文芸隊員には点数の恩典も与えられた。初めのうちは、コオロギやメンコなどの遊びに未練があり、いつも早く家に帰りたかった。コオロギ仲間も、いつも家で私を待っていて文句ばかり言う。しかし一度「文芸隊」に入ると、なかなか抜けられないのだった。

父は昔風の考え方があるせいか、私が毎日こんな生活で忙しいのに反対した。

「毎日学校の勉強をせず、踊ったり歌ったりして将来どうする？　芸能人になるかい？　男で芸能人になるなんて〝下九流《ジャジユリユ》（最低の職業）〟だ」と言う。

ところが母は私のやることを支持する。

「いいじゃない、子供にそういう才能があるならさ。歌手でも有名になったら、どこか大企業に選ばれて、農村に行かなくてすむでしょう」

と反論する。

私たちの文芸隊は、学校や町、炭鉱などを回った。とくに紅衛礦《こうえいこう》（西露天掘り炭鉱）の各職場への慰問出演が多かった。紅衛頭には数万人の労働者がいるので、どの職場も労働模範の表彰式や毛沢東著作の学習報告会を開くたびに、私たちを呼ぶ。当時は文学・芸術などが統制され、娯楽が乏しいため、私たち小学生の出演でも、けっこう歓迎されていた。

私の歌う曲は決められていた。いつも第一曲は毛沢東の詞『西江月《せいこうげつ》・井崗山《せいこうざん》』で、反響が良かったら第二曲で毛沢東の詞『憶秦娥《おくしんが》・婁山関《ろうざんかん》』を歌い、三曲目は林彪《リンピョウ》副主席の語録だった。三年も続けて、この三曲だけを歌わされた。私自身うんざりしていたし、二年も経つと、観客もみな私の三曲を嫌になったようで、最初の一曲だけ歌って終わらせることが多くなった。それでも私は〝一曲歌手〟として、炭鉱地域で有名になった。

ある日、仲間たちと駅のそばでサトウキビのようなトウモロコシの茎を探して、それを噛みながら遊んでいると、見知らぬおじさんが「ほっ、君の綺麗な喉はこのトウモロコシの甘い汁で磨いたのかい」といい、その後ろの青年は「一曲歌手、ここで歌ってもらえるか」とからかった。

将来への不安

当時、私たち小学校の文芸隊員の憧れの的は、「紅衛礦戦宣隊（西露天掘り労働者戦闘宣伝隊）」だった。それは、紅衛礦の労働者と紅衛礦付属の中学校から芸能にすぐれた人を選抜したグループで、レベルも高いし、楽器も揃っていた。それに給料がもらえて、農村に行くことも免れられる。私が中学校まで文芸隊の活動を続ければ、卒業する頃に「戦宣隊」に入れることは、ほぼ決まっていたようなものだった。

しかしそこは、私に夢を見させてくれたところでもあり、結局は夢を壊されてしまったところでもあった。

ある夏の日の夕方、私が遅くまで遊んで帰ると、部屋に軍服を着た見知らぬ青年が座っていた。この人は戦宣隊の人だと、私は直感で分かった。当時、草色の解放軍の軍服は一番格好いいとされていて、戦宣隊の人は、それを隊服にしていたからだ。

母は不機嫌な顔で「お前、どこで遊んでいたの。この江《ジャン》同志をずいぶん待たせたのよ」と叱った。江同志は、「すぐ私たちと一緒に、清原県に公演に行きましょう。みんな待っているから、今すぐ出ましょう」と言って、私の片手を摑んで外に出ようとした。

「ちょっと待って！」と私は思わず叫んだ。清原県というと一日、二日で帰れるところではない。せめて今着ている汚れた服を着替えなくては、と思ったのだ。

「母さん、着替えを出して！」

「いらないよ！　君の着るものは全部用意してあるから」と江同志は言った。

「お金と糧票（食糧の配給切符）は？」

「いらない。全部、戦宣隊が出しますから」

それでも汗で汚れた顔を洗わなくては体裁が悪いと思ってか、母は水を汲んできた。私は簡単に顔を洗い、母からお金二元と糧票五キロ分をもらって江同志と一緒に出かけた。家を出ると、突然学校のことを思い出して「王《ワン》先生（学校の文芸隊の担当教師）と連絡しましたか」と尋ねた。「電話で知らせたよ。安心しなさい」と言いながら、江同志は私の左手をしっかり摑んで大通りに出た。バスとトラックが一台ずつ止まっている。バスに乗ってみると、戦宣隊全員が座って待っていた。

私たちが行ったところは、清原県の山奥で戦争に備えてトンネルを掘っている工事の現場だった。そこには市内から下放された一部の共産党幹部、知識人、労働者、そしてその土地の農民たちが働いていた。私たちが、初めてここを訪れる市内の文芸慰問団のようだった。大歓迎され、一日四食、食べ放題だった。その代わりに公演のスケジュールはきつかった。ほとんど毎晩、公演があり、時には昼にもあった。

そこの労働者、農民たちは、娯楽が全くないためか、どの会場も満員だった。そして熱心で、一曲を歌い終わると「もう一曲」と叫び、〝一曲歌手〟の私は、そこでは一曲で終わることがなかった。三曲終わっても拍手は止まない。一週間経った頃には、かすれ声になってしまった。

ところが戦宣隊には、男の独唱歌手が他にいなかった。そのため小学生の私を借りたのだから、精いっぱい歌わせようと、少しも休ませてもらえなかった。私は一曲歌い終わると、必死に舞台の裏を逃げ回ったが、隊長や隊員たちに捕まってまた舞台に押し出される。それを見た観客は、さらに面白がって拍手する。

三週間ほどの慰問公演が終わった時には、私の喉はすっかり腫れ上がり、痛みが激しかった。家に帰って、声を出せない私を見て、父は私を連れて王先生に理由を聞きに行った。

王先生は「私だって忠義君を行かせたくなかった。上からの指示だから、仕方がなかった。こんなに疲れさせて、申しわけなかった」と言った。

病院に行ってみたら、医者は残念そうに「もうこの子はこれから歌えませんよ」と診断した。

それを聞いた父は諦めたように「それでもいい、これからは踊ったり歌ったりすることをやめて、何か一つのことを勉強しなさい」と言った。父はいつも自分の人生経験からか「人間は何か一つは特技がなければ、うまく世を渡ることはできないよ」と言う。彼は自分の大工の腕を誇りにしていた。しかし勉強といっても簡単にできるものではない。私はこの三年間ほとんど教室に入らず、毛沢東思想の宣伝に〝献身〟してきた。その結果、最後に〝廃人〟となった。今は何一つ身に付いたものがない。

父は、環境を変えるため、私が小学五年になる時、市の中心部に引っ越した。新しい学校に入ってみると、「語文《ユウエン》（国語）」は何とかなりそうだったが、数学は全然だめだった。

私は自分に対して強い不安を持ち始めた。そして小学校でほとんど勉強する機会が与えられなかったので、中学校で取り戻さなければならないと思った。

市の中心部にある第三中学校は歴史が古く、昔日本人が建てた校舎は頑丈で綺麗だった。私はその第三中学校に入ることに大きな夢を抱いていたが、期待は見事に裏切られた。私が住んでいる地域は第三中学校の学区ではなく、その年に民間中学校を合併してできた第三中学校分校に入ることになったのだ。私は新しい学校に上がる日、すっかり落胆して勉強する気を失ってしまった。

その分校というのは二棟の長屋で、教室は全部で八つしかない。狭い校庭には、冬の間に集められた「拾糞」の堆積が、入り口から校庭いっぱいに続いていた。机や椅子もめちゃめちゃに破壊され、三本脚になったものが多く、とても勉強できる環境ではなかった。

そんな中でただ一つ嬉しかったのは、ロシア語の授業が始まったことだった。私は外国語を一つでも身に付ければ何かに役立つと思って、一生懸命に勉強した。けれども二年生になった時、中ソの対立が続いたためか、外国語を習うことは青年の革命精神を揺さぶるということからか、ロシア語の授業は中止になってしまった。私は独学で続けようと決意し、みんながわいわい騒いでいる自習の時間に、こっそりロシア語のテキストを暗誦したりしていた。

ある日、担任の先生がみんなの前でこう言った。

「ある人は自分でロシア語を学んでいる。通訳になりたいのだろう。しかしだれもが通訳になるわけにはいかない。外国人と接触する仕事に就きたい時に一番重要なことは、まず思想が党に近づき、党の信頼を受けることだ。そして、初めて専門の大学に送られ育成されるのだ」

私は当時の社会ルールに逆らって行動していると見られていた。当時、青年はまず積極的に党に参加する意欲を持ち、党の指導に忠実に従い、農村や工場に入って指導者から気質のいい青年と認められてから大学に推薦され、初めて各分野で活躍できるようになれるのだった。私のように、自分の力で自分の運命に挑戦しようとする者はまさに時の流れに逆らっているようなもので、結局、反逆者のように見えたのだろう。私は先生と同級生の前で再びロシア語のテキストを出すことができなくなり、独学をやめざるを得なかった。

しかし外国への好奇心と自分の未来への不安から、私はどうしても外国語を身に付けたいと思っていた。だから姉に初めて残留日本婦人の話を聞いたその夜は、興奮して眠ることができなかった。その日本人に日本語を習い、日本語で日本のことを語ってもらう夢を見たりもした。けれども今度は、絶対に学校の先生や同級生たちに知られないようにしようと思った。

私は姉の家から撫順の町に帰る日に、姉にこの思いを打ち明けた。

「曽おばさんはとても忙しいからできるかしら」と姉はためらった。しかし私の必死の頼み込みで、姉はとうとう曽おばさんの家へ連れていって頼んでくれた。

「いいよ、こちらに来られるなら、いつでもどうぞ！」と曽おばさんは承諾してくれた。

当時十四歳の私は、天にも昇る心地だった。

第2章 極限の選択

命がけの日々

私は一九八七年に来日して以来、勉学に励みながらも曽おばさんのことが脳裏から離れず、満蒙開拓団についての書物や資料を探し求めて読んだ。

合田一道著『満洲開拓団——27万人死の逃避行』、山本慈昭・原安治著『再会——中国残留孤児の歳月』、山崎朋子著『引き裂かれた人生』などを読むと、その惨状はどれも読み通すのが苦しくなるものばかりだ。その十余年前、曽おばさんがぽつぽつと語ってくれた話と共通するところが多かった。それは私の故郷・東北三省（旧満州）に発生した悲劇の歴史だった。その時の生と死を分ける極限の選択が人々にさまざまな運命を辿らせた。この世と別れた人々、「満州」を後にした人々、私の恩師・曽おばさんのようにこの大地に縛りつけられ、長く険しい道を歩き続けた人々……。

その悲劇は今日まで続いているのではないか。

「満州」に流れる大河や延々と連なる山々、果てしなく広がる大地、そしてそこに起こった悲劇は、私の頭の中に深く刻み込まれて離れなかった。曽おばさんの辿った道程《みちのり》は、私の人生に大きな影響を与えたが、この異国のおばさんの運命の境目となった「満州逃避行」の命がけの日々とは、どのようなものであったのか。

「満州の天気は、その時の時勢と同じく変わりやすいものだった」と、おばさんはいつものようにその時の天気から話し始めるのだった。

「夏の太陽は真っ白で遠慮なく頭から照りつけて、持ってきた厚い毛布がとても重く感じられたよ。獣医だった主人は部隊と一緒に行動することになり、そのまま生き別れとなったので、私は虎林県《こりん》（黒龍江省東部、現・虎林市）の開拓地から一人で、まだ赤ん坊だった子供を連れて逃げ回った。子供は一日中飲まず食わずだったけれど、私の肩をしっかり摑んで眠っていた。まだお乳は出るかもしれないが、みんなに遅れると困るから、飲ませることはできない。湿っぽくなった炒り豆を袋から出して食べてみると、一日中何も食べていないのでおいしかった。とにかく眠気を防ぐのに役に立つ。夜がしらじらと明け始めても、長い行列は黙々と歩いている。夜が明けて、大陸の燃える太陽が今日も容赦なく照りつける。

『水を飲みたい』と一人が言うと、みんなに伝染したように誰もが口々にそうつぶやいた。私も前夜、炒り豆を食べたので喉が乾いてたまらない。けれども野原には川もないし、井戸もない。村はずれの畑に入ってトウモロコシの葉の露をなめる。まだ実らないトウモロコシを噛んで汁を吸う。大人はいいが子供はどうする。雨が降ってくれれば路上の馬の足跡に溜まる泥水でも飲めるのにと思った。野原に出る赤い太陽を恨めしそうに眺めていると、飛行機が飛んできた。空襲だ。空襲は長く続いた。

隣の女の人が弾に当たって死んだ。二歳ぐらいの女の子が背中にくくられたまま泣いていた。別の男の人が頭を撃たれた。苦しい息の下で子供を連れていってくれという。周りの男たちは見ていられないので、草を枕にして手拭いで首を絞めてやった。そんな光景は今もはっきり浮かんで来る。

飛行機が去ると、皆は立ちあがってまた野原を歩き出した。馬車の上にいる子供たちは力なく横になっている。息があるだけで目も開けない。急に激しい雨が降り出した。多くの人が文字通り足を泥に取られて、裸足で、赤い土の道をあえぎあえぎ歩いていく。蟻のような行列は長く長く続いていた。

一頭の馬に五、六人の子供が紐で縛りつけられていた。こんな小さい子供たちも故郷に帰りたいのだろうか……」

曽おばさんの話には、時間の順序がなく、印象の深かった事柄を思い出すままに語るだけだった。日本で当時の記録を見つけてから、私は一層その当時のことが理解できたように思う。

たとえば『再会——中国残留孤児の歳月』の著者・山本慈昭氏（長岳寺住職）はこう書いている。

「八月九日午前五時。阿智郷開拓団に早馬をもって、東横林開拓団より「日ソ開戦！　宝清県域までひとまず引き揚げるよう」伝命あり。直ちに避難準備にかかる。

八月一〇日。早朝出発。国民学校生徒隊を先頭に、子もり隊、駄車《ダーシア》、独身隊の順に列を作る。南哈嗎にて昼食、南信濃郷にて一泊。雨降りはじむ。

八月一一日。雨降り続き、悪路の中を東索倫《ソロン》開拓地に到着したのが午後一時（後略）。

八月一二日。早朝出発。通過中の日本歩兵一個中隊援護のもとに、反乱軍の銃火を浴びることなく無事宝清郊外に来たる。折りしもソ連偵察機三機上空に来たり、夢中にて地に伏す。夜は強行軍にて先を急ぐ。雨降り続き、道路ますます悪し。

八月一三日、正午。宝石開拓団に入り昼食の後、ただちに出発。その夜雨中、木の下に野営、衣服ずぶぬれなり。食糧は、本団としては入植後まもなく、この頃は皆無。出発前開拓団地内をあさり廻り用意する状態で、ことに塩に不自由した。この夜、索倫開拓団の人から塩一俵恵まる。

八月一四日。蘭奉中国人集落に入り一泊。宝清県と勃利県の県境なり。折悪しく、伍和出身の井原老人中風となり、引率困難のため、後事を中国人に託す。

八月一五日。昼ごろ他の避難中の開拓団と合流。彼らの一行は皆、駄車に荷物と妻子を乗せ避難するが、本団は入植日浅きため、駄車や牛馬とてなく、皆徒歩にて悪しき道を歩く有様は、実に生き地獄にて、鬼にむちうたれて逃げまどうに似たり。

雨ますます激しく、車を捨てる者、牛馬を捨てる者あり。またこれを拾い、荷をつける者、馬を殺して食す者、いよいよ避難行、困難なり。（後略）」

私は日本に来てから、この山本住職が残留孤児の肉親捜しに力を尽くしたことをテレビで知り、感銘を受けた。翌日図書館で同氏のこの『再会――中国残留孤児の歳月』を借りて読んだが、曽おばさんが語ってくれたことと一致する部分が多く、改めて私を納得させた。

「満妻」

曽おばさんはこんな話もしてくれた。

「雨にびっしょり濡れ、ほとんどの荷物を捨てた。食糧不足、水不足、そして塩がなくなった。ものを食べなかったせいか、塩を食べなかったせいか、みんな夢遊病者のようにふらふら歩いている。もう歩けない。何でもいいから食べたい。しかしそこには人間と馬しかいない。馬を殺す他はない。どうしたら殺せるのか。何もないから木の棒で打ち殺した。

男たちが馬の皮を剥ぎ、皆ナイフや鋏で肉を削り、焚き火をして焼いて食べ始めた。火の上で馬の赤い肉がシージージーと黒く縮んでいく。焼けたか焼けないか分からないけれど、とにかく口に入れた。まだ生のままなのか、それとも馬が歳を取ったせいか、どうしても噛めないから、そのまま呑んでしまった。塩も何もつけないので味もなかった。

馬を半分ぐらい食べ、また歩き出した。しばらく歩くと、お腹が変な感じがする。何も食べていないのだから、排便があるわけがないと思いながら、道端の草の中にかがむと、さっき食べた黒い馬肉の玉がそのまま出てきた」

曽おばさんと避難行をともにした人たちは、こうした食糧、水、塩の欠乏に意志の力で必死に耐えながらも前進したが、やがて、老人や子供たちは歩けなくなっていった。その時、人々の心を引き裂く大きな選択に直面することになる。

「半日もかかってやっと山の上に登りついた。下を見ると、前方には広い野原が続いている。目の前は雑木林だった。先頭に立つ男が、話したいことがあるから集まるようにと言う。彼が言おうとすることは皆知っている。恐ろしくて声に出す者がいないだけだった。男は馬の背中にぶら下がっている子供たちを見ながら、決心したように口を開いた。

『子供たちのことだが、見ても分かるようにどの子も苦しむだけで、あと二、三日の命でしかない。二人殺すより、一人を犠牲にして一人を国へ連れて帰った方がいいでしょう』

皆はぼつぼつと口を開いた。

『しょうがない、野原に置いて行こう』

『考える余裕がないからひと思いに殺そう。その方が子供には幸せかもしれない』

女たちは子供を馬から下ろした。痩せ細った体に、縄の跡が赤々とついている。親は子を手放したくない、だが連れて行くこともできない。

『早くしないと、他の人たちに遅れるぞ』

と男は言う。彼はどこかに隠していた鉄砲を取り出した。哀れな母親は子供を抱いて頬ずりしながら、木の下に置いて立ち去った。

私はどうしても子を殺す気になれなかった。

死ぬなら一緒に死のうと心ひそかに誓って、木の棒にすがり、片方の足を引きずりながら皆のうしろについていった。

『お姉さん、置いてこなかったの』

と誰かが言う。

『私は思いきって二人を置いてきたよ。どうしても国に帰りたいから、子供がいれば足手まといになる。どうしようもないね』

と彼女は独り言のように言った。

男はそこで六人の子供を撃ち殺したと言った。国に帰ったら、子供のためにお地蔵様を建てたいとも言った。

子供のいない人たちは足早になり、どんどん先へ歩いていった」

幼児の絞殺、遺棄、射殺など、開拓団員の逃避行の惨状は、他の記録や人々の話からも伺える。

三江省樺川県中川村で開拓団の農事指導員をしていた宮崎由雄はこう記録している（合田一道著『死の逃避行・満洲開拓団27万人』所収）。

「八月十七日依蘭着ノ予定ナリシモ、治安不良ノ情報ニテ、コレヲ断念シ一路、方正方面ニ向カイシトコロ翌十八日、三道崗ニテ、土民ノ襲撃ヲ受ケ、コレヲ撃退セルモ、コノ時荷物ノ全部ヲ捨テ、殆ド着ノミ着ノママニテ行軍ヲ続ケ八月二十二日、転進シ来レル軍隊ト行動ヲ共ニセルモ、ソノ行軍ハ難航ヲ極メ、遂ニ老幼病弱者ハ自決シ、マタ健康者モ子供ノ負担ニ耐エカネ幼児絞殺、投ゲ出シ、溺殺等ノコノ世ノ生地獄ノゴトキ惨状ヲ呈シ、実ニ惨鼻ノ極ミナリ」

そして、次のような表が添えられている。

中川村開拓団人口動態表

区分	人員
健在者	六一
未帰還者	九五
中国人預満妻	一五六
行方不明	六
死亡	二〇四
合計	五二二

自殺か、子を殺すか、中国人の妻（右の表では「中国人預満妻」）になるか……。逃避行の中で女性は、この三つの道のうちの一つを選ぶしかなかった。

私は曽おばさんから、こんな話を聞いたことがある。

「みな飢えと疲れでよろよろ歩いていると、後ろから二台の馬車が飛んできた。御者の中国人青年は『乗らないか、この先の村まで乗せて行ってあげる』と中国語で誘う。子供のいない二五、六歳の女性二人が乗っていった。馬車は埃を巻き上げて走り去った。彼女たちは中国人の妻になるのだろうと思ったよ」

撫順の田舎でこの残留日本婦人に会った時から、私には疑問があった。なぜ彼女がこの村に来たのか。子供を生かすためなら、なぜ逃避行の初めの段階で中国人の家に飛び込まないで、逃避行の終点・撫順に辿りついて、いよいよ日本に引き揚げる直前に中国人の嫁になったのか。しかし当時、曽おばさんが入れられた撫順難民収容所の様子が分からないと、それは理解できないことだった。

「撫順市永安台難民収容所」――そこが曽おばさんの運命の分かれ道となったところだ。この収容所は永安台にある元日本人小学校で、二階建て、周囲には有刺鉄線が張り巡らしてあった。

すでに十一月、暗い空から冷たい粉雪が降り続いていた。板の床は硬く冷たく、配られた麻袋一枚ではとても耐えられない。男ならどこかへ働きにいって夜には多少の食べ物を持ち帰ることもできるが、彼女には小さな子供までいるので何もできない。一日に一摑みの、それも半分は皮だけのコーリャンの配給では、とても足りない。しかもそれを煮るための空き缶一つ、枯れ木一本さえもない。外は一面真っ白な雪野原。

男たちは穴を掘り、飢えと寒さで死んだ人たちを埋め始めた。北方から一緒に逃げてきたYさんの女の子も死んだ。後から入って来た人たちは皆子供を連れていなかった。収容所には曽おばさんの息子のテツ坊しか子供がいないようだ。この子も長く生きそうにない、遠い北の地から背負って来たのにと思うと、心の中を冷たい風が吹き通っていくようだった。子供は腹を空かしてよく泣くので、他の人の迷惑になり、そのことでいつも悩んだ。

この頃、Yさんの曽おばさんを見る目が変わってきた。子供が泣くと怒って、「中国人にやれ、皆が迷惑だ」と言う。曽おばさんは黙って聞くより仕方がない。

「中国と日本の間に海がなかったら、どんな高い山でも、深い川でも広い野原でも、這いつくばってでも国へ帰るのに。何をしてでも子供を生きて国に帰らせ、じいちゃんやばあちゃんに会わせてやりたかった」

Yさんは彼女に「ここにいたら、二人とも死んでしまうよ。来年の春まで中国人の嫁になって、子供が元気になり、一冬過ぎたら逃げて来ればいいでしょう」と言った。ちょうど子供の体が徐々に衰え、熱も出始めた頃だった。毎日いろいろと思い苦しんだ結果、それより他に道はないと彼女は決心した。

口がきけない振り

曽おばさんがこの村に売られてきたのかどうかは分からない。彼女は一銭も貰っていなかったそうだし、一緒に撫順駅に来て、中国人の男を紹介してくれた年上のYおばさんは、帰る時に肉饅頭を少しもらっただけだそうだ。

駅には男が二人いた。七十歳と四十歳ぐらいに見えたが、その若い方の男が自分の夫になる人だと、彼女は直感的に悟った。曽おばさんは当時二十七歳だった。

その夜、二人に連れられて、町中の一軒の家に入った。そこには七十歳ぐらいの老婦人がいた。部屋に入ると、さらに奥の部屋に案内された。そこに小さい寝床があり、少し休むように言われた。四十歳ぐらいの方の男がリンゴや肉饅頭をどんぶり一杯持ってきたが、彼女はあまり食べる気にならなかった。息子のテツ坊はうまそうに肉饅頭を食べている。長い逃避行や栄養失調のためか、子供は二歳になっても歩けなかった。

さっきの老婦人が「満服《マンフー》（当時の中国服）」を持ってきて、着替えるように勧めた。そして、その日から絶対に日本語を使わないようにという約束をさせられた。中国語が少しできてもかえって疑われるから、口のきけない振りをする他ないようだった。そのことを彼女はいつまでも忘れられないらしく、こうして過ごした人生の一時期のことを、何度も語った。

その夜、老婦人は彼女と一緒に寝た。それは一見、親切とも言えるが、体のいい見張りの意味もあった。曽おばさんには、一冬で逃げ出したいという思いもあったし、中国人の方は日本人がいつか逃げるものだという警戒心を抱いていたからだ。その日から曽おばさんは、自由に行動できなくなったのである。老婦人は、翌日の早朝に男の実家から迎えが来ると教えてくれた。

翌朝、外のまだ暗いうちに、前夜の四十歳くらいの男が馬車で迎えに来た。彼女は馬車の真ん中に座らされ、両側には、やはり前夜の七十歳ぐらいの男と老婦人が座った。子供は馬車を馭している男に抱かれている。彼女は逃げようにも逃げられない身となった。

曽おばさんは一生懸命に道の両側に目を配り、目印になるものを記憶しようとした。いざ逃げようと思った時のためだった。しかし道はあまりにも遠く、彼女には覚え切れそうになかった。

私が最初に姉の家を訪れた時、市内から曲がりくねった道を一時間近くバスに揺られ、降りてからもまた一時間ぐらいの道のりを歩かなければならなかったのだから、当時の馬車では、数時間はかかっただろうと思われる。

馬車が男の家の前に止まると、男の姉らしい女、その息子や嫁たちらしい男女が、わいわい騒ぎながら出迎え、竈《かまど》に火を入れたりして大賑わいになった。その時初めてそれぞれを紹介されて、迎えに来た男が夫となる王長友《ワンザンギヨウ》さんだということが分かった。

曽おばさんは当時のことを思い浮かべて、次のように語っている。

「近所の人たちが毎日のように遊びに来ては、いろいろ話して聞かせてくれた。それは日本人難民収容所の気の毒な話が多かった。収容所にいる人たちは板の上で寝て、食べるものも身にまとうものもなく、飢えと寒さの上に伝染病が流行し、庭に掘ってある穴も死体がいっぱいだし、毎日死ぬ人も多いという。そんな身震いするような話ばかりだった」

彼女は半信半疑で聞いていたが、彼女が安心してここに留まるようにと、村人たちはそんな話をするのだと分かっていた。それはいかにも農民らしい心理作戦だった。王さんはテツ坊には優しかったが、彼女が日本語で子供に話すのを嫌がった。子供には日本人であることを知らせずに自分の子として育てたいという願いが、王さんにはあったのだろう。彼女は、子供は自分が何人かを知っても知らなくてもいい、ただ元気に成長すれば、いつの日かきっと、一緒に日本に帰る日があるだろうと、それればかり祈っていた。

もう一つの戦争

外は大雪が降っていて、周りの山々は真っ白に染められていた。日本の敗戦に続いて、こんどは中国人同士の、八路軍と国民党軍の戦いが始まっていた。

旧正月の三日、大勢の八路軍兵士が村に入ってきた。王さんは慌てて家に帰り、いくつかの緊急処置を彼女に教えた。

まず名前は「王秀英《シウイン》」にしよう。これからは絶対に日本語で話さないように、日本人だと分かったら殺されるぞと言った。彼女は村にきてから数ヵ月経ち、村人たちともコミュニケーションできるようになっていたので、兵隊の前でだけ口のきけない振りをすることは別にかまわない。困るのは兵隊が家にきた時、子供が日本語で話したらどうしようということだけだった。結局、八路軍はまもなく村を出て行くのだが、この時急遽に付けた王秀英という名前はその後の彼女の中国名となり、村人たちは皆「秀英」と呼ぶようになった。

彼らが住んでいた蓮島湾は軍事的な要地でもあり、すぐ前の大溝という村には、日本軍の秘密部隊が駐屯し、大きな弾薬庫があった。日本軍の撤退後には、国民党がそれを手に入れ、やがて八路軍が奪いにきた。戦闘は夜だけ行われ、その時には秀英さんと王さんの家族全員が庭に掘られた「菜窖《ツァイジョ》」

の中に潜って避難した。

「菜窖」は、中国の北方の農村で、冬に食べる野菜を蓄えるために掘ってある穴で、深さ一・五メートルから、二メートル。広さは日本のたたみ一畳くらいから、二畳、三畳、四畳半くらいの大きなものもある。木の幹や枝で屋根を作り、その上に土を五十センチぐらい積む。極寒の日でも、内部は零度前後の温度を保つ。

秀英さんは、王さんの家族と一緒に蝋燭の光を頼りに四角い窓からもぐり込み、若い嫁たちは、大根や馬鈴薯などの上に座布団を敷いて座った。

王さんは頭を「菜窖」の窓から出して、外の様子を見た。銃弾がヒュウヒュウ飛んでいると言う。そしてテツ坊の手に菓子を握らせ、「怖くないよ」と声をかけながら笑わせたりしてくれた。子供は元気よく笑いながら菓子を食べる。子供のオシッコも小さいバケツで外へ捨ててくれた。

秀英さんは銃声を耳にして思わず逃避行の悪夢を思い出す。しかし同じ戦争の恐怖の下でも、雲泥の差があった。秀英すなわち曽おばさんは、その時のことを、私にこう語った。

「外へ出ることもできなかったから、王は水やトウモロコシなどを持ってきた。傍らに座っていた若い嫁の一人は大きな大根を一本持ち上げ、手で埃を拭いてから、『うまいから食べてみて』と言って半分を分けてくれた。本当においしかった。雨宿りのつもりでこの村に入った私にこんなに親切にしてくれて、ありがたい気持ちだった。どの国の人間でも人情には変わりはないんだなと思って目頭が熱くなった。『おいしかったら、いくらでも食べて』と優しい笑顔で言ってくれた。みんな激しい銃撃戦などを忘れたように楽しく話し合っていた。逃避行のことや難民収容所のことを思えば、ここは幸せだと思った」

一夜明けると、八路軍の部隊はどこかへ逃げてしまっていて、村中を国民党の兵士が歩きまわっていた。どの家も国民党の小さな旗を作り、門の外に掲げた。どっちの軍隊でもいい、平和になることだけを秀英さんは願った。しかし平和はまだ遠い。その後、彼女の目の前で展開されたのは、中国人同士が傷つけ合う残酷なシーンばかりだった。

彼女が住んでいる家の後ろに、大きな地主の家があった。そこに国民党軍の本部が置かれ、よそからこの村にきた農民が、毎日のようにスパイだと言われて捕まり、太い棒で拷問されていた。気を失うと水をかけ、気がついたらまた殴り続ける。その悲鳴を聞くたびに秀英さんは、なぜ同じ国の人同士がそんなに殺し合わなければならないのかと胸が苦しくなり、口に出して言ったこともある。王さんは秀英さんに、絶対何も話さない、外へ出ない、兵隊に会わないことを約束させた。

しかし、ある日突然、二人の偉そうな兵隊が王さんの家を訪ねてきた。あまりに突然すぎて、秀英さんと子供は避けることができなかった。

兵隊は彼女に、生活が苦しくないか、何か困ることはないかと優しく聞いた。思いもよらないことだったから、彼女は答えることができなかった。

すると兵隊の一人がいきなり顔色を変えて、「お前、口がきけないのか！」と叫んだ。王さんは慌てて子供を隠しながら「さようでございます。生まれつきなので失礼しました」と詫びた。

険悪な雰囲気に驚いたのか、テツ坊は王さんの懐から「かあちゃん！」と叫んで、両手を秀英さんの方に差し出した。二人の兵士はびっくりした。王夫婦も仰天した。

王さんはすぐ両兵士の前に出て頭を下げ、「申し上げることを忘れました。女房は話せないばかりでなく、子供も産めません、仕方がなく市内の日本人難民から男の子を貰いました。長官のご恩赦をお願い申し上げます」と言った。

すると兵士の顔が少し平静に戻り、一人が念入りに子供を眺めた。子供は黒い眉と大きい目をしている。鼻が高く、その高い鼻が額を貫く一つの線のように見える。

「うん、素晴らしい子だ。このような相は千人に一人の素晴らしい運勢の持ち主だ、大事に育てなさい。小さい時から育て上げれば本当のお父さんと変わらないから、日本人だって同じだよ」とその兵士は言った。王さんは嬉しいのか怖いのか、何度もお辞儀ばかりをしていた。

しかし彼女を見て、日本人だと分かった兵士もいる。次の日、食糧担当の劉《リウ》という青年が夫のいない時に訪れた。そしていきなり「お姉さんは口がきけるし、日本人だろう。僕にはとっくに分かっている。大丈夫だよ、国民党の兵隊だって罪のない女性や子供を殺したりはしないよ」と言った。その時から劉青年はたびたび訪ねて来ては、いろいろ話をした。

劉さんは大連の出身で、金持ちの息子だったという。八路軍が来て父親は殺され、母親もどこかへ逃げてしまった。一人で行くところがなく兵隊に入った、とぽつりぽつりと自分のことを話した。

ある朝、彼女が庭に出ると、家の後ろの垣根の向こうから「大姐《ダージエ》（ねえさん）！」と呼ぶ声がする。

自分のことかと思って振り返ってみたら、二十歳ぐらいの日に焼けた娘がこちらを見ていて、櫛を貸してもらえないかと言う。秀英さんはすぐ家に入って櫛を持ち出し渡した。その娘は空色の中国服に茶色のズボン、そして黒い革靴を履き、うりざね顔でオカッパの髪形をしていた。とても素朴で、一般の農民の娘のように見える。

少し髪を梳かしてから「謝々《シエシエ》！（ありがとう）」と言って櫛を返してくれた。まだ何か話したそうに見えたが、国民党軍が本部にしている家の中から兵士が出てきて「早く倉庫に入れ！」と怒鳴ると、彼女は何も言わずにおとなしく倉庫に入った。

昼頃に食糧担当の劉さんが来た。

「朝、若い女性に会ったでしょう。あと数時間の命だ。今夜十一時ごろに処刑されることが決まった」

「なぜですか」

「あの娘は拷問で電気をかけられると共産党のスパイだと言うが、電気をかけられないとスパイではないと言う。もうそんなに調べる時間もないので、今夜、一切が終わることになる」

秀英さんは身震いをした。人間の命がそんなにたやすく奪われていいものか。自分は生きるために必死でここまできたのに、まだ若い娘さんの命がたやすく奪われる。その娘は、裸にされて殺されたことを後で聞いた。

これが彼女の体験したもう一つの戦争――中国共産党史でいう「第三回国内革命戦争」である。

第3章　村を逃げ出す

死

周りの山々の雪が解け、畑に草が芽を出し始めた一九四六年の早春、テツ坊がどことなく元気を失くしているように見えた。どこにも兵隊がいっぱいで、市内に出る途中のただ一本の橋も爆破され、市内の医者に診せに行くこともできなかった。仕方なく、近所の少し病気の分かる老婦人に診てもらった。老婦人は家庭用の縫い針を子供の血管に刺し、黒い血を出した。子供は怖がって母親の肩にしがみついて泣く。秀英さんは子供の病気も心配だけれど、目の前の民間医の治療法を信用することができず、子供を引ったくった。

「血を出さないと死ぬぞ！」と民間医の老婦人は警告した。しかし彼女は、たとえどうなっても、子供にこのような無意味な痛みを与えたくないと思った。しかし二、三日後、テツ坊はどろどろの血を吐いて死んでしまった。

秀英さんは気が狂ったように泣き叫んだ。転がって大声で泣き、泣いては転がる。夫や近所の人々はこの光景を見て、思わず涙を流した。

その時まで生きることを支えてきた夢や希望、力などを子供の死によってすべて失ってしまったのだった。何のために皆から離れてこの中国人の村に入り、中国人の妻になったのか。今は、国に帰ることもできない。身の周りに誰一人肉親や友達もいない。これからどのように生きるのか。

彼女が一時、精神に異常をきたしていたと、村の老人たちから私は聞いたことがある。それは子供に死なれてからまもなくのことで、ある夜、彼女は子供の死体を家から持ち出し、山に行って焼いてしまった。そして骨を風呂敷で包み、それを持って歩き出した。彼女は家に帰らなかった。夫は心配して後ろについていた。彼女は泣いているのか、歌っているのか、夫にはまったく分からない言葉で叫び続けていた。

その日から昼も夜も、トウモロコシの畑から、周りの山々の松林から、彼女の叫び声、泣き声、歌声が聞こえた。それは一日、一週間、一ヵ月も続いた。道端や山の上などで見かける彼女は、髪が乱れ、顔が汚れて、手にはトウモロコシの枯れた茎一本を持っていた。彼女は全く別人のように見えた。後ろにはいつも、夫がついていた。

私は後になって、その時に歌った歌は何でしたかと曽おばさんに聞いてみた。曽おばさんは、「歩きながら『故郷』を歌い、丘に座り夜空を眺めながら歌ったのは『荒城の月』でした」と言った。

それを聞いた時、私は深い感銘を受けた。曽おばさんに初めて会った日の夜、おばさんが歌っていたのも『荒城の月』だったからだ。

彼女は死を決意していた。逃避行の途中で自分の手でテツ坊の命を絶たなかったのは、生きるなら一緒に生き、死ぬなら一緒に死のうと心の中で子供と約束したからだ。

夫の王さんや家族たちは秀英さんが精神に異常をきたしたと思って、交替で見張り番をした。だが彼女は、心の中でたとえようのない煩悶に苦しんでいるだけで、意識ははっきりとしていた。頭の中には、どのように死んだらいいのかということだけがあった。しかし今のように、みんなに心配されていては、自分の思うような行動は取れない。それで彼女は、少しおとなしくして、みんなの注意をそらすようにした。

秀英さんはどのように死ぬかを毎日考え続けた。そして彼女は、旧正月に王さんの姉の料理の手伝いをした時のことを思い出した。

中国北方の農民たちは、旧正月が来る前に正月一ヵ月分の餅、豆腐を作っておく。彼女には中国人として過ごす初めての正月だから、王さんの姉のところで豆腐作りを見学したり、手伝ったりした。豆腐を固めるために、義姉はある種の薬(ニガリ)を入れた。彼女がその薬瓶を見ようとしたら、義姉は厳しい顔で「だめよ、これを少しでも飲んだら、血が固まってすぐ死ぬぞ!」と脅した。彼女はそのことを思い出し、その瓶を手に入れようとした。台所を見回すと瓶はまだそこに置いてある。彼女は一日、二日、一週間、二週間と泣かず歌わず、おとなしくしていた。その薬を盗むチャンスを待っていたのだ。

ある日みんなが畑仕事に出掛けた隙に、足音を忍ばせて義姉の部屋に入り、台所越しに奥の部屋に人がいるかどうかを確かめた。

「だれ？」義姉の声がする。

「わたしです」

「秀英か、入ってきて！」

義姉は昼寝をしていた。秀英さんは何事もないように少し話を交わして立ち上がり、部屋を出て台所を通る時、さっと薬の瓶をポケットに入れて自分の部屋に戻った。

義姉は何も気付いていないようだった。早く飲もう、みんなが帰ってきたらおしまいだと思って、瓶の蓋を開けた。悲しみや恐れの気持ちなど何もなく、ただ疲れて死にたいだけだった。目を閉じて瓶を口に当てた。誰かが扉を開けたような音がした。慌ててニガリを飲み込み、またひと口飲もうとした時、瓶が叩き落とされ、大きな手が口に差し込まれた。そして部屋が炸裂するような大きな声で「快来人呀！　救人命啊！（早く助けて）」と叫ぶのが聞こえた。その後に何が起こったか、彼女には分からなかった。

実際のところ、彼女の小さい部屋は大騒ぎだった。近所の人がみんな駆け込んで、水を汲んできたり、豆腐や豆乳を運んできて彼女の口に流し込んだ。彼女は一時目を開いたが、長い昏睡に落ちた。後で近所の人から聞いた話では、王さんは昼ごろ畑から戻り、窓から彼女が何かを飲んでいるのを見て、急いで中に入り、薬の瓶を叩き落としたのだ。王さんは、素早く自分の手を彼女の口に入れ、口が開かなくなるのを防いだ。かつて村でニガリを飲んで自殺を図り、どうしても口が開けられずにそのまま死んでしまった人がいたからだ。村人の助けもあって水や豆乳をたくさん飲ませることができて、彼女は一命を取りとめた。

秀英さんは長い間眠った。どのぐらいの時間が経ったのか。やがて彼女は意識を取り戻して「スイー、スイー（水）」と叫んだ。彼女自身もその叫び声で目が覚めた。真夜中だったため、あたりは静まり返っていて、ただ夫の王さん一人が彼女の傍らに座っていた。

王さんは水を汲んできて、彼女を抱き起こした。彼女は体中痛くて座れなかった。仕方がなく横になったままで水を飲んだ。冷たい水が喉を通って行くのを感じて、死ななかったことが分かった。そしてまた眠った。

翌日、大勢の村人が見舞いにきた。王さんが粥をこしらえ、ひと口ずつさじで食べさせているのを見てほっとしたようだった。彼女は王さんに対して、すまない気持ちで胸がいっぱいだった。次の日から体中が黄色くなり、「黄疸」という病気にかかったと聞いた。食欲がなく、毎日うとうとしていた。

王さんはあちこち歩き回って治療方法を尋ねた。

どこからか民間処方を聞いたらしい。村の小川で小さいドジョウを五、六匹取ってきて、「これを飲みなさい！　病気が治るから」と言った。秀英さんはその黒く長くツルツルして泳いでいるドジョウを見ただけで気持ちが悪く、どうしても飲めなかった。王さんは一匹を取ってそのまま口に入れ、「見ただろう、大丈夫だよ！」と飲んで見せた。そして残る数匹を新しい水の中に入れて、「飲みなさい！　大丈夫だよ」と一生懸命に説得した。

死ぬことも怖くないのになぜドジョウを飲めないのか。これ以上この人に心配をかけるのはよくないと思って、彼女は茶碗の中に入っている四、五匹のドジョウを一気に飲んだ。王さんは毎日、ドジョウを二、三匹取ってきて飲ませた。こうしてドジョウを十二匹ぐらい飲んだ頃には、体の黄色い色はすっかり消え、病気は治った。

対岸

秀英さんは、死ねないのなら生きていこう、そしていつか平和の日が来たら国に帰ろうと思い始めた。周りの山々の裾に、黄色いタンポポの花が咲き、紫色のスミレの花もほころび始めた。秀英さんは蓮島湾での最初の冬を乗り越えたのだ。しかし最愛の子供に死に別れ、彼女は春が訪れても、魂の抜け殻のようにぼんやり生きていた。

ちょうどその頃、彼女の心を揺り動かす情報が入ってきた。近所の人からの情報で、五月末ごろに日本赤十字社と中国紅十字会が協力して、撫順にいる日本人難民を送り返すという。それを聞いた彼女は、もういてもたってもいられない気持ちだった。どのようにこの村を逃げ出すか、それだけで頭がいっぱいになった。

けれども、そんな彼女の足を引っ張るように、お腹の中に子供ができていることに彼女は気付いた。

中国人の子供を孕んで日本に帰ったら、みんなに笑われるだろう。また子供も父親と離ればなれになってかわいそうだと思う。そう考えると何としてもこの子を流さなければならない。今は五月に入ったばかり、日本に帰れる日までにまだ二、三週間の時間がある。彼女は毎日、村はずれにある、戦争で崩された廃屋の土塀のところに出かけた。土塀の上に這い上がっては飛び降り、飛び降りたらまた這い上がった。どうしても子供を流産させたかった。

しかし一週間過ぎても、二週間過ぎても流産できず、彼女は諦めた。国に帰ってから始末しようと、彼女は村を逃げ出す用意を始めた。少量のコーリャン、子供の遺骨、十銭のお金などを包み、みんなが畑に出ている時に決行しようと計画を立てた。秀英さんは不安に包まれていた。村人たちに見られてはいけない。市内に通じる道を正確に行けるかどうか自信がない。それに市内へ行く途中の橋が爆破されて渡れなくなり、渡し船が往復しているというが、どうなるのか。

五月下旬のある日、彼女は朝飯を作り、夫に食べさせて、夫が畑に出るまでに部屋を綺麗に掃除した。陽が高く昇り、夫が畑で仕事を始めたのを見て、彼女は用意した包みを持って出かけた。少し歩いては振り返り、人がついてこないかを確認する。村の一番南の丘に登り、蓮島湾を眺めた。春の蓮島湾は青い山々と掘り返されて黒く潤っている畑が際立ち、朝の光を浴びて活気に満ちている。

村人たちは優しかった。しかし彼女は、ここでの短い期間、悪夢を見ていたような気もする。王さんや村人にすまないと思いながらも、秀英さんはもうここを逃げ出すことにしたのだ。

「さようなら王さん！　さようなら蓮島湾！　どうしても日本に帰りたい私を許してください！」

彼女は村に向かって深く頭を下げてから、一目散に南に向けて走り出した。秀英さんは、ここに来る時に見て覚えた松の木や柳の木を目印にして南に進んだ。とにかく川が見つかればいい、川が見つかったら橋が探せると思って一生懸命に走った。

撫順は周囲に低い山々を抱いた東西に細長い町である。南側には石炭を埋蔵していて、中国人やロシア人、日本人によって多くの炭鉱が開発され、いわゆる撫順炭鉱地域が形成された。真ん中は撫順市区、北側には市区に沿って、北の長白山脈とを分ける形で、東の清原県、新賓県《しんひん》（現・新賓満族自治県）から南の渤海に注ぐ渾河《こんが》が走っている。

清王朝の元祖ヌルハチは新賓県から蜂起し、渾河を下り、瀋陽を経て中国全土を支配した。そのため清王朝は渾河を生命線と見なし、龍脈と呼んだ。今世紀初頭ロシア人が撫順で石炭を掘り出そうとした時には、龍脈の上に穴を開けるということで清王朝の高官たちが猛反対したといわれている。

したがって渾河には、昔から橋はなかった。日本人が撫順を支配した時に、市中心部から北側に初めて永安橋が架けられたのだという。続いて日本人が撫順一の地主に強制的に資金を出させて、市の西部から郊外に至る葛布橋を架けたと、私は母から聞いた。それは、川の北側に住む人々が市内に行くためにどうしても必要な通路だった。曽おばさんが当時渡ろうとした橋は、その葛布橋だったと推定できる。

どのくらい走ったか、彼女はやっと山々を走り抜けた。と、突然目の前に滔々と流れる大河が開けた。その大河の東を眺めた時、「あっ、橋だ。よかった！」と秀英さんは叫んだ。しかし、橋の真ん中が切断されていて、北側の岸辺に大勢の人たちが見えた。

橋に着いてみると、対岸を眺めている人が多く、渡し船に乗る人はほとんどいない。彼女は船頭に代金を尋ね、十銭だとの答えに、用意した金をすぐ渡して船に飛び乗った。客が十人ほど揃うと船は動き出した。秀英さんはほっとした。今度こそ祖国に帰れる。川の流れが彼女の目に日本海のように映った。けれども対岸は日本ではなかった。

南の岸に、数多くの中国人男女の兵士がいた。そして兵士が船から下りて来る北からの客を調べていた。秀英さんは何も悪いことをしていないから、少しも怖いとは思わなかった。

「どこから来たの」と兵士は聞く。

「蓮島湾からです」

「何をしに来たの」

「私は日本人です。日本人は全部日本国に送り返すと聞いたので、ここに来たのです」

「証明書があるかい」

「田舎から来たのでそんなものはありません」

「前にどの収容所にいたのか」

「永安台小学校です」

「なぜ田舎に行ったのか」

秀英さんは戸惑い、返事に困った。どのように蓮島湾に行き中国人の嫁になったのか、彼女自身にもはっきりとは分からないし、一言で説明できるものではなかった。彼女は簡単に答えてすまそうと決心した。

「市内をウロウロしていたら、ある男の人に声をかけられ、騙されて田舎に連れて行かれたのです」

二、三人の兵士は彼女を避けて低い声で何かささやき合った後で、男女二人の兵士が戻ってきて、厳しい顔で怒鳴った。

「君は八路のスパイだろう。中国の服を着て日本語も話せる。あやしい人間だ。持ってきたものを全部見せろ！」

秀英さんは驚きのあまり体が震えて、体の中を冷たい風が通り抜けた。仕方なく持っているものを、一つ一つ全部並べた。

「手紙は？」

「そんなものはありません」

「こっちに来い！」

女の兵士が秀英さんを小さい小屋に連れて行き、体のすみずみまで検査した後、何も疑わしいものがないので前のところへ連れ戻した。そしてさっき調べた持ち物をもう一度調べ始めた。女の兵士はコーリャンの中を手で探り、小さい骨を一本取り出して「これは何だ」と聞く。

「子供の骨です」との秀英さんの答えを聞いた女の兵士は、あっと叫んで骨を捨てた。秀英さんがその骨を慌てて拾ったのを見た女の兵士は、怒って検問用のテーブルからコーリャンと骨を入れた袋を砂の上に投げ出した。小さな骨が、砂の上に散らばった。秀英さんは地面を這い回って骨を一本一本拾い上げ、防水布で包んだ。女の兵士はまだ気がすまないというように、さらに秀英さんの手元からその防水布を引ったくり、「こんなものを持っていて何にするの」と叫んで川の中に投げ込んだ。彼女は思わず「テツ坊！」と子供の名前を呼んで砂の上に座り込み、泣いた。小さな防水布の袋は、川の上を浮かんだり沈んだりして漂っていった。

こんな光景を眺めていた兵士たちは、ようやく彼女が普通の日本婦人にすぎないことを認めたようで、「お前はスパイでないなら、早く蓮島湾に帰れ」と命令した。

「私は日本人です。ここには私の家はない、帰るところもない」と泣きながら懇願したが、兵士は彼女の背中に銃を突きつけて、「帰れ！　帰れ！」と怒鳴った。銃を突きつけられて、腋の下に冷たい汗が流れた。

秀英さんが村に連れ戻された時は夕方だった。家に入ると、夫の王さんは布団を頭からかぶって寝ていた。兵士に起こされ、慌てて跳び起きた王さんは「謝々（ありがとう）」と言いながら、「少しですけど、タバコでも買ってください」と少額の金を差し出した。

兵士たちが去った後、王さんは秀英さんに言った。「今、日本に帰ったってだめだろう。日本でも大勢の人たちが苦しんでいる。平和が来たら俺がお前を国へ連れて行ってやるから」

王さんの言葉は十分に秀英さんの心を温かくしてくれた。だがいくら心の優しい王さんでも、果たして彼女を日本へ送り届けてくれるかどうか、誰にも分からないことであった。

再び冬が近付いて来る頃、彼女は女の子を産んだ。ニガリを飲んだりしたせいか、子供は肌が薄く、乾燥してすぐにヒビが切れた。女の子は昼も夜も泣き続けた。王さんはまた、民間処方を尋ね歩き、一晩中抱き続けて、毎日のように体を洗ったり、胡麻油を塗ったりしてやった。二、三週間後、王さんの手当てで赤ん坊には白い肌ができ、丸々と太ってきた。秀英さんは王さんと娘にすまない気持ちでいっぱいになり、二人とともに力強く生きていこうと決意した。

その後、共産党の指導する解放軍部隊が村に入り、村の雰囲気が急に明るくなった。毎日のように寄り合いがあり、「婦人会」もでき、秀英さんのような貧しい人たちも助けてくれた。地主の持ち物は押収され、一家三人にも草ぶき屋根の一部屋に三人分の畑、着るものなどいろいろ割り当ててくれた。こうして生活が安定し始めた。

ところが子供が五歳になった旧正月、王さんは長い間苦労をしすぎたのか病気になり、まもなく死んでしまった。

秀英母子は、また新たな運命の岐路に立つことになった。

母の怒り

私は曽おばさんの昔話に心打たれ、いつも同情の気持ちを抱いていた。しかし中国人である私にとっては、もっと多くの同胞たちが日本人に苦しめられたり、殺されたりしたのも歴史的事実である。そうすると、私は被害者側の人間でありながら、加害者側の一人の女性の不幸に同情しているというジレンマに陥る。当時の歴史、戦争、日本軍の暴虐をどう見るのか。この問題を私は、自分自身の心に常に問い続けなければならなかった。

「興安東京荏原郷開拓団」副団長だった足立守三氏は、合田一道著『死の逃避行・満洲開拓団27万人』に収められた文章でこう回顧している。

「私たちは政府を信頼し、開拓という英雄的な冒険心や、五族協和という美しい夢さえもって、すばらしい歓送の旗の波に泣きぬれて希望に包まれ海を渡ったのでした。

開拓は着々と進みました。一戸当たり作付面積四町五反とし、原住民の小作に合計三千六百町歩の耕作をまかせました。（中略）彼らは山麓の雑木林を伐りひらいて開墾し、長年の粒々辛苦のすえ、見渡すかぎりの大農園耕作の基礎を固めたのですが、わが政府はそういう場所を一手に収めたのです。もちろん合法的に買い取ったのですが、それが強権命令的で、二束三文の形式的な取引に過ぎなかったことは明らかです。

土地を失った土民はさらに奥地へ追われ、あらたに荒地を開墾し、その他の者はどん底生活にあえぎながら侵入してきた日本開拓団に雇われ、小作や苦力を続けていたのです」

曽おばさんから日本語を習い始めた頃の私は、このような歴史的背景をあまり知らずに、ただ目の前にいるおばさんの人並みでない苦難の日々を見聞きして、同情の気持ちを抱いていた。ところが母は、私の日本語の勉強を、何となく面白く感じていないようだった。私が家で日本語を読み上げるたびに、母は「またあの馬鹿な言葉を習ったの」と言って、不快な表情を見せた。そんな時、父は「子供が勉強して何が悪いか」と支持してくれた。すると母は、「勉強することはいっぱいあるのに、なぜわざわざこの馬鹿な言葉を習うの」と引き下がらない。さすがの父も返すべき言葉がなく、黙ってしまう。

当時の私は、母は単にわけの分からない言葉を聞くのがうるさくて嫌なのだろうと思っていた。私が日本語の音読を始めると母は決まって外へ出てしまう。後で分かったのは、私の日本語が、母の心中に深く刻まれた悪夢を蘇らせていたということだった。

母はこの時（一九九一年）七十歳だった。十六、七歳の頃、父と一緒に遼陽県の田舎から、当時日本の占領下にあった撫順炭鉱に出稼ぎに来て、西露天掘りの近くの千金堡というところに住み着いた。母は、撫順に来てから見聞した日本軍の残虐な暴行の様子をよく聞かせてくれた。

「日本軍は八路軍の捜査をするため村に入った。あるおばあさんの家を訪ねた。おばあさんは慌てて家にいる三人の息子たちのことを指さしながら説明した。こっちは上の息子で、こっちは二番目の子だと。おばあさんの話が終わらないうちに、おばあさんが指さした二人の息子を日本軍の兵士はその場で日本刀で斬り殺した。指さされなかった息子一人が生き残った。またコレラ菌検査も厳しくて、他の病気で休んでいる人でもコレラ患者と見られ、どこかに隔離され処理されてしまった」

一方、父は日本人の下で多くの日本人労働者と一緒に働いたので、いろいろな日本人を知っていた。日本人だっていい人もいるし悪い奴もいると言う。けれども現実から見ても、母の反発は理由のないことではなかった。折しも日中の国交が正常化したばかりで、国内はプロレタリア文化大革命の真っ最中。政治運動や闘争（つるしあげ）が盛んに行われ、中学校卒業以上が全員農村に下放された時代に、私一人が国交を回復したばかりの旧敵国の言葉を習うなんて、何の意味があるのかと疑うのも当然だろう。

当時の撫順市では、中学校や小学校での外国語教育が廃止されていた。毛沢東の「教育年数を短縮すべし、教育制度を革命すべし」という指示を受けて、大学が二年となり、高校が廃止された。そして外国語のテキストを買えるところもなかった。私は撫順市で一番大きな新華書店に行き、辛うじて一九六二年出版の『日語』という本を手に入れた。私はそれに基づいて、月一回か二回ぐらいの週末、曽おばさんのところへ勉強に行った。

私の中学校卒業の時には、兄と姉が農村に下放されていたので、当時政府が規定した「外国人僑民子女、病持ち・身体障害者、一人っ子、身辺に子供がいない者」という四項目のうちの第四条「身辺無人（身の回りに子供がいない）」に合うので、私は都市に残された。その後まもなく、姉一家が市内に引き戻された。

それまでは姉の家に泊まりがけで遊びに行って、曽おばさんの暇を見て日本語を教えてもらっていた。しかしこの頃は朝早く家を出て、曽おばさんのところで二、三時間習ったらすぐ戻らなければならない。しかもその二、三時間にしても、曽おばさんの手が空いているかどうか、心配でもあった。

私はどうしても勉強したかったので、日曜日になるとたびたび出かけていった。私が行くと、曽おばさんはすぐ昼飯を用意してくれるので、私はよく料理の手伝いをしながら、あれこれ日本語で話すようにした。

「これは何ですか」
「それは野菜です」
「それは何と呼びますか」
「これは包丁と言います」
「おばさんは何をしていますか」
「私はご飯を用意しています」

というように、折にふれて質問したり会話をすることにしたのだ。

しかし、曽おばさんの教え方には次第に限界が見えるようになった。私が彼女から習いたいのは、正しい発音と文法だった。おばさんは高等女学校を卒業し、東京でアルバイトをした経験もあるから発音は綺麗だったが、しかし文法について私が質問すると戸惑ったようだ。

「風邪をひいたから、学校を休みます」という文の中の「から」の意味を聞くと、おばさんは首を傾げた。「『から』といっても、いろいろな意味があるからね。たとえば……」と言っておばさんは部屋の外に出た。また入ってきて、「これは外『から』中に入るという『から』の使い方。でも、さっきの『から』はどう説明したらいいかね」と考えこむ。「対、中国語的那個（そう、中国語のあれ）」と説明しようとしても適当な中国語が思い出せない。

私は曽おばさんが一生懸命説明しようとしてできない様子を見て、文法のことはあまり尋ねないで、もっぱら会話の勉強をさせてもらうことにした。

その後私は、撫順市蔬菜《そさい》公司の季節工として働いた。いわばアルバイトである。そこでは秋になると農村から野菜を買い求め、地下に作った巨大な冷蔵棟に蓄え、撫順市民の一冬の野菜を供給する。そのアルバイト料全部を母に渡し、そこから少しの小遣いをもらう形になっていた。私はその小遣いを、曽おばさんの家に通う交通費とお土産代にしていた。

曽おばさんの家に着き、仕事の手伝いをしながらちょっとだけ日本語を習うと、すぐに帰る時間になってしまうので、そのうちに、おばさんの家に一晩泊まらせてもらい、翌日の朝早く帰るようになった。そうすると夕方、少しでも多く会話ができるようになる。その代わりに私は、曽おばさんと一緒に柴を刈りに行ったり、トウモロコシの収穫をしたり、いろいろ手伝うのだった。私は、できるだけ家族の一員のように役に立つことをしたかったのだ。ご主人も大変喜んでいるようで、私がそこに通う数年の間、一度も嫌な顔を見せたことはなかった。

第4章　平頂山事件

口頭試験

一九七七年の冬、中国では大学入試制度の改革が行われた。毛沢東が提唱した労働者、農民、兵士の中から学生を大学に推薦する制度をやめて、全国統一試験で学生募集をするようになったのだ。私は三、四年間、いわば闇の中で日本語を習ってきたが、それが初めて日の目を見て大学に入る夢とつながったのだ。私は大学受験を申し込んだ。

初めての試験で、競争は激しかった。二次の外国語口頭試験に、二百万の人口を持つ撫順市でもわずか三、四十人しか残らなかったという。最後の口頭試験にパスするために、試験の前日、仕事を終えてからバスで曽おばさんの家に向かった。その夜は大雪で、バスを降りると大きな綿のような雪が舞っていた。夜空は暗いが、白い雪に覆われている道路や家屋などははっきり見分けることができる。気がはやっているのか、歩調が速すぎたのか、私は寒さを全然感じず、胸の中は火が燃えているように熱かった。

曽おばさんの家に着いたのは夜十時過ぎだった。曽おばさんの家の、紙が貼ってある窓に赤く電灯の光が映っていた。私はドアを叩いて入った。曽おじさんはタバコを吸いながら、オンドルの縁に背中を丸めて座っていた。おばさんは布団をかぶって寝ていた。私の突然の来訪に、おじさんは「あれ！ 忠義君が来たぞ！」と驚いた声を上げ、片手でおばさんを起こした。

布団から出たおばさんの顔は青白く見え、病気のようだった。その瞬間、自分がどれほど自分勝手で、ガムシャラに行動しているかに気付き、後悔した。けれども事前に連絡を取ることは不可能だった。この村は百戸ほど農家があるのに、電話はただ一台しかない。それは蓮島湾大隊本部に置いてあり、市内との通話の音声も悪かった。やっと通じても呼び出してもらうこともできない。

曽おばさんは起き上がると、布団で体を覆って座った。

「いらっしゃい！ 今日は少し遅くなったね」

「明日は大学入試の口頭試験があるので、お邪魔に来ました。しかし……」

それを聞いたおばさんは「そうですか、それなら今晩のうちによく練習しなくちゃ」と立ち上がり、すぐに勉強を始めようとした。

「先生、今日は具合が悪そうだからやめてください！」

「何を言っていますか。これは一生に一度か二度しかないチャンスだから、何があっても先にやらなければならないこと。早く上がって！」と言った。

私はおばさんの言葉に逆らうことができずに、顔や足を洗ってオンドルに上がった。おばさんはいろいろ質問の内容を設定し、聞いてくれたり、私が用意した回答を直してくれた。

後ろに座っているおじさんは、眠気を追い払うようにタバコを一本また一本と吸い続けた。部屋中に煙がこもっていた。

「眠いならお先に寝てください」とおばさんはおじさんに言った。

「いいよ、私のことを気にしないで教えなさい」とおじさんは言う。たった一つの部屋で、こっちで日本語をしゃべっていたら、おじさんは眠れないだろう。

電球の光で曽おばさんの白髪がきらきら光る。病気で弱々しい声で質問をするおばさんを見ると、勉強を続けるのが忍びなかった。私は涙をこらえて、明日の試験でおばさんの気持ちに応えようと決心した。二、三時間やって、曽おばさんは初めて寝ようと言った。私は充実感でいっぱいだった。

電灯を消すと、おばさんは独り言のように言った。

「忠義さんが本当に大学に入ればいいですね。心からお祈りしますよ」

すると、おじさんの鼾《いびき》が響き始めた。

口頭試験は思ったより簡単だった。当時の日本語受験生のレベルに合わせた試験問題だったと思う。五十音が全部できない受験生もいた。後は合格の知らせを待つだけだった。競争率は百倍、千倍とも言われたが、はっきりした情報は誰も知らなかった。二ヵ月たっても何の消息もなく、ほぼ絶望だと思った頃、ある日職場から帰ると門のところで母に会った。母は「あれが来たよ！」とだけ言って外へ出かけた。母の表情は寂しそうだった。急いで部屋に駆け込むと、机の上に黒龍江大学という赤いマークのついた封筒が置いてあった。中に入っていたのは「大学入学通知」だった。

胸の中でドンドンと太鼓の音が響いた。目の前に果てしない大雪原が広がった。ハルビン！　黒龍江大学だ！　嬉しくて叫び出したかった。

翌日、私は曽おばさんに知らせに行った。田舎の道を歩きながら考えた。願書には四つの大学名を書いたのに、なぜ黒龍江大学なのか。おばさんはハルビンがある黒龍江省の虎林県の開拓地に住み、そこからの逃避行の途中でハルビンにたどり着いたのだ。私は曽おばさんとの因縁を感じた。

曽おばさんは私が大学に合格したと聞いて、嬉しさのあまり涙ぐんだ。そして彼女は深い思いにふけった。しばらくして、「黒龍江省、ハルビン。生涯忘れられないところだよ。私たち開拓団の一群はそこに入る時、男も女も裸同然だった」とポツンと語った。

一九七八年十一月、私は大学に向かった。ハルビン駅を出ると、目の前一面に白い世界が広がっていた。曇り空に、ところどころにロシア風の建物が見えた。屋根から高い尖塔が突き立って、空を指している。私は遠い北国に来たという実感を覚えた。大学の四年間、郷里に帰れるのは夏休みと冬休みの年二回しかなかった。八人一部屋の宿舎が用意されていて、授業料、教科書はすべて無料だったが、私は両親から食事代として毎月二十元の仕送りをしてもらった。それは父の月給の四分の一に当たった。

私は両親からの仕送りを節約し、大学から割り当てられた食料切符の余った分と合わせて、キャンパスに卵を売りに来る農民たちと交換し、両親と曽おばさんのお土産にした。ところが、撫順に帰るたびに、私が曽おばさんのことばかり心配するので、母は面白くなかったらしい。

中国の旧正月には親族、友人、同僚同士が互いに「拝年、送礼、請客（新年の挨拶を交わしたり、お土産を送ったり、お客さんを招いたりすること）」を繰り返す。その頃私たちの生活は貧しかったが、皆一年間節約して、お正月にはふだん食べられない菓子、果物、酒、缶詰などを贈り合った。私は学生だから自分の金で買うことはできないので、兄弟や友人からもらったこうした贅沢なものを曽おばさんのところに持って行くことにしていた。

三年生の旧正月、母は私にこう言った。

「あなたが日本語を教えてくれた日本人のおばさんの恩を忘れないで、今まで新年や何かある時に必ず行くことは素晴らしいと思うが、何事にも程度と限度はあるはずだ。働いた時に自分の小遣いを使わず、おばさんにお土産を買って行くこともいいと思う。大学に入った時も入った後も訪ねる。それで十分に恩返しができたと思うが、今大学に三年も通ったのに、まだ相変わらず撫順に帰るたびにおばさんのところに行くということを、一体いつまで続けるつもりなのか」

母は胸中にたまっていたことを吐き出した。

「一つの恩情に、数回のお礼だけで返せるものでしょうか。商売のやり取りではないのだから」と、私は反論した。

「いつまでたっても恩返しができないというのなら、お前はおばさんの家へ行きなさい。彼女の息子になりなさい。彼女から大学の仕送りをもらいなさい！」と母は怒った。

「母さん！　どうしてこんな些細なことに目くじら立てるの。彼女は戦争で、撫順の田舎に逃げ込んで、ずっと何もない苦しい生活をしてきたんだ。どうして彼女と競うの！」

「お前は何を知っているの？　お前は彼女の今の苦しい生活だけ見て同情するが、昔日本人はどのぐらいの中国人を殺したか分かってるの！」

怒った母は南を指した。「あの平頂山に埋もれている人たちの遺骨を見ただろう。お前のお父さんはもう少しで、あの人たちと一緒に日本人に殺されるところだったよ。お父さんが殺されていたら、どうしてお前が生まれることができたの！」

ここまで言って、母はいきなり身を翻して泣いた。私は呆然と立ち尽くしたままだった。

一九三二年九月十六日の虐殺

母の言う〝平頂山〟とは、家のすぐ南側にある千メートルも離れていない低い山だ。今は松の木に覆われている。そこには、千人とも、二千人とも、三千人ともいわれて、数字ははっきりしないが、一九三二（昭和七）年九月十六日に日本軍に虐殺された住民の遺骨が、そのまま埋められている。

私は小学生の時、清明節（中国の墓参りの日）に同級生たちと一緒にそこへ墓参りに行った。山の上には白い大理石の記念碑が建てられ、「平頂山殉難同胞記念碑」という大きな文字が書いてある。この日に先駆けて、学校では、わずか数人の生存者の一人、夏廷沢《シアティンイー》おじさんを招いて、当時の様子を話してもらった。夏おじさんは背が高くて顔色の白い、五十ぐらいの年齢の人だった。目が少し窪んでいるように見え、肌は乾いて潤いがないように見えた。

夏おじさんの話では、一九三二年九月十五日の中秋節（お月見の日）の夜、北の方から「大刀会《ダーダオユイ》」と「紅槍会《ホンキャンユイ》」という民間武装組織が撫順にやってきて、撫順炭鉱を守備していた日本軍や炭鉱設備を襲撃した。一晩の戦いで「大刀会」「紅槍会」は死傷者多数を残して逃げてしまった。

一夜明けて、関東軍撫順守備隊は、戦闘の激しかった平頂山付近の村人を集め、「匪賊」に協力した報復として、機関銃を掃射した。一回の掃射で全員死亡したものと思って撤退しようとしたが、生き残って死体の中から這い出した人、子供の泣き声などを発見するに及んで、守備隊の兵士は再びトラックから降りて、生き残っていた村人を銃剣で一人ひとり刺し殺した。午前十時前後に集められた人々だから婦人や子供が多く、ほとんどの子供は二回目に殺されたという……。

夏おじさんは泣くような声で語ったが、彼の窪んだ目からはもう涙は出てこなかった。彼はここ二、三十年、幾たびもこの話をしたのだろう。もう涙はなくなったのだと思う。その日、家に帰って母にこの話をしたら、母はとっくにこの事件を知っていたと言う。母の話によると、「大刀会」「紅槍会」の人たちは撫順市に入る時「白麺《バイミヤン》（興奮剤）」という銃弾に当たらない、当たっても弾きとばす〝薬〟を飲んだが、少し早く飲んだために炭鉱付近に着いた時醒めてしまい、そのため多くの死傷者が出て、失敗したのだそうだ。

父は、事件については母より詳しいようだが、何も話してくれなかった。当時、夏おじさんと同じ撫順炭鉱運輸部に勤めていて、夏おじさんより六歳年下だった。父は遼陽県の出身で、夏おじさんはその隣の大石橋市の出身だったそうだ。二人は別々のルートで撫順に来たのだが、どちらもそれぞれの兄を頼りに撫順炭鉱に入ったのだ。

その時私は、父がその事件に直接関わっていたことは知らなかった。今母に「お前のお父さんも、もう少しであの人たちと一緒に殺されるところだったよ」と言われて、私は改めて父に聞いてみた。

父はその日、炭鉱から千金堡の兄の家へ帰るところだった。父と母は撫順に来たばかりなので、しばらく兄さんのうちに寄宿していた。昼近い頃だったが、村に近付くと隣の平頂山村の方から機関銃の音がして煙が上がり、子供や女たちの泣き声や悲鳴が聞こえた。

千金堡と平頂山村は小川一つ隔てているだけだった。もうすぐこちらもやられると思って、父は必死に兄の家へ走った。家に入ると母は伯父さん一家と食事中だった。父は「まだ食事をしているのか、平頂山の方で日本軍が人を殺している」と、オンドルに飛び上がり、食卓をひっくり返した。伯父さん一家と父母は、後ろの丘の畑に身を隠した。その後しばらくの間、爆竹のような銃声が聞こえていた。父たちはそれで難を免れたが、同じ千金堡にいた伯母さんの義兄の一人は事件に巻き込まれて殺されたという。

「光復（終戦）後、遺族たちは事件の責任者を一生懸命に捜したが、数人の撫順炭鉱の関係者を処刑しただけで、真の犯人は捜せなかった」と父は言った。

「ますらをの妻」

私は日本に来て三年目に、修士論文を書き終えて一息ついたので、「満州」時代の中国支配の資料、満蒙開拓史、中国残留孤児や残留婦人たちに関する書物・資料を読むことを思いたった。澤地久枝著『昭和史のおんな』を読んでいた時、その中の「井上中尉夫人『死の餞別』」という章に目をひかれた。一九三一年に日本で発生したある日本軍人夫人の自殺が、翌年に中国の撫順で日本軍によって行われた「大虐殺事件」と、なんらかの因果関係があるらしいことを指摘していたからだ。

それは井上清一中尉の新婚の妻が夫の出征の前日に、「明日の御出征に先立ち嬉しくこの世を去ります……」という遺書を残して自刃した事件から始まる。一九三一年十二月のことだ。その九月には、満州事変が起こり、「……戦争に傾斜しようとする時代の趨勢をさきどりし、女性のあるべき役割を示唆するのに都合のよい、恰好の出来事であった」と澤地氏が書くこの事件は、夫人の母校において「ますらをの妻の鑑」と讃えられ、「美談」として世に広まったという。

私がとくに注目したのは「烈婦の夫の人生」の項である。そこに一九三二年の平頂山事件についての記述があり、いくつかの資料からの具体的な引用が、井上中尉の行動をあぶり出していたからだ。澤地氏自身、資料を読み進むうち、「匪賊」を匿《かくま》ったとして村民を虐殺した日本軍の中に井上中尉がいたのではないかと考えたようだ。しかし「虐殺の責任者が特定の個人であったか集団であったのか、井上清一が関わったのか否か、誰かその残虐をおこなった日本軍人がいなければならないが、虐殺の歴然たる事実が発掘されるばかりで、真相の解明はまだされていない」としている。

澤地氏が挙げた資料に、平野一城著『満州の獄窓に祈る　最後の引揚牧師の手記』と本多勝一著『中国の旅』がある。前者の筆者・平野牧師が「満州」に渡ったのは一九三八年のことで、平頂山事件についての記述は伝聞と軍事法廷の資料によるものが多いらしいが、「匪賊」を襲撃した後の状況に関する記述が興味深い。澤地氏の本から孫引きさせていただく。

「これで一応すんだのであるが、すまぬのは撃退を指揮したN中尉であった。／この人は職業軍人で後に中佐まで昇進して、何かの理由で死亡した人であるが、その出征に当り、愛妻が後顧の憂を断つためにと、遺書を残して自殺したという、当時にあっては美談とも思われたような、深刻な経験の所有者であり、（中略）たまたま匪賊を追撃しての帰り道、通称平頂山と呼ばれていた楊栢堡工人部落の一部、百世帯余りの団地で、昨夜市内で略奪されたと思われる色々の物を発見した」

それでN中尉らは、「老若男女、部落民のすべてを約千メートルほど離れた崖下に導き（中略）部下に命じて機関銃掃射によりこれを皆殺しにし、土砂に埋めて引き揚げたというのである。その数七百とも千七百とも二万七千八百ともいわれるが、ともかく大量の虐殺が行われたことはたしかである」。

澤地氏はさらに、N中尉が事件後に提出した公式な報告も引用し、次のように推論している。

「N中尉の公式な報告には、『部落内に匪賊が隠れていることはたしかであったから、匪賊を差し出すか、それができなければ一般人が全部部落を捨て一時外に出よ、といったが、言を左右にして応じない。そこで一般人もろとも部落全部を焼討にした』。（中略）『真相は不明』だがN中尉は井上中尉以外には考えられない。この本（引用者注――『最後の引揚牧師の手記』）の刊行は、井上清一が死んで間もない四十四年十一月十五日である」

事件の責任者のことに関しては、本多勝一氏の『中国の旅』にも「平頂山事件」の章がある。本多記者の取材に対して、中国側が虐殺指揮の責任者として指摘したのは次の四人である。川上陸軍大尉（守備隊長）、小川准尉（憲兵隊分隊長）、前田警察署長、久保孚炭鉱長。ここには、澤地氏が着目したN中尉あるいは井上清一中尉に直接結びつきそうな名前は見当たらない。井上中尉は事件に関わっていなかったのだろうか。

ところで、この『中国の旅』には、私が幼い頃に聞いた話が再現されていた。証言者として出ている夏廷沢さん、韓樹林さん、趙樹林さんの三人のうち、夏おじさんは前に書いたように、私が小学生の時学校で話を聞いた人であり、その顔もよく覚えている。長くなるが、『中国の旅』から夏おじさんの証言を引用してみる。この事件が中国側の証言をもとに、どのように記録されているかを具体的に確かめておきたいからだ。

「平頂山にいた約四〇〇世帯は二、三人の小家族から二〇人近い大家族まで、いろいろあった。まだ独身だった夏さんは、このとき実兄（当時二九歳、以下同様）の家に寄宿していた。兄の家族は、妻（二五）と長男（三つ）の三人だから、夏さんも加えて四人が住んでいたことになる。その日――旧暦八月一六日の早朝、四人はこれから朝食をとろうとしていた。遠くにトラックの音をきいて、兄が『あれ、ありゃあ何の音だ？』と言った。夏さんが『さあ？』と答えると、兄は不安げに『自動車じゃないか』と言う。当時は自動車などまだ珍しく、現れるときには何か変ったことと結びつく可能性があった。その『変ったこと』は、中国人民衆にとってはたいてい不幸につながるものであった。

夏さんは外へとびだしてみた。庭の小さな門のところまで行くと、南の方に止まったトラックから満載の日本兵たちがばらばらととび降り、散開している。兵隊たちの動作は異常なまでに早い。みんな着剣した銃を持っている。聚落の北の方から、群衆の騒ぐ声がした。ふりかえると、すでに到着している別のトラックから散開した兵隊たちが、片端から家にとびこんで人びとを追い出している最中だ。

仰天した夏さんは、家にとびこんで『大変だ、早く逃げろ！』と叫んだ。血相変えた夏さんの顔と叫びにすべてを読んだ兄夫婦は、何もかも放り出して逃げにかかった。まず兄が、まだ眠っていた三歳の赤ん坊をかき抱き、頭を右腕で支えながら外に出た。つづいてその妻(夏さんの義姉)も、タンスの中にあったふろしき包みを一個つかんでとびだした。彼女を門のところで何秒間か待っていた兄は、一緒に南西の方へ走った。最後に夏さんが、フトン一枚だけかついでそのあとを追った。(中略)

南西の方向へ逃げたのは、西のガケぎわに小さな谷状の低地があって、南の方へ通じているからである。何もない平坦な畑よりは、いくらかでも体をかくしながら逃げられる可能性がある。だが、そこまで行かないうちに、日本兵の包囲に遮断されてしまった。着剣した銃の兵隊たちが、二、三メートルおきの間隔で一列に並ぶ。なにかわからない言葉と手まねで、かれらは地面にすわるように命じていた。赤ん坊を抱いた兄がすわり、義姉もその背後にかくれるようにしてすわった。追いついた夏さんは、そのそばで膝をまげて中腰にしゃがんだ。
あたりは泣き叫ぶ村人達の声で充満している。（中略）
おばあさんたちには、纏足《てんそく》が多い。よたよたとして、早く歩けないから、日本兵たちは蹴とばした。おばあさんは絶叫して倒れる」

このように日本兵が村人を駆り出して包囲する過程については、私の母も次のように語ってくれた。ただし母自身は、前に書いたように父が急を知らせたため、日本兵の包囲から逃げることができた。したがって、これは生存者などからの伝聞によるものである。

「一晩中、激しい銃声が聞こえた。翌朝、村に銃剣を持つ日本兵たちが現れ、家々に押し入って、老若男女を一人残らず戸外へ追い出した。兵士たちは『中秋節だから、みんなの写真を撮ってやるから出ろ』と言った。しかし、ただ写真を撮るにしては、どうしてこんなに強制的なのか。村人たちは不気味さを感じとり、逃げ回った。そのうちに、人々が追い出された家屋が焼かれ始めた。

住民たちは、ある崖の下に追い詰められた。周囲には軍用トラックが数台止まっていて、その脇の地面には赤い布をかけた何かが置いてあった。当時、村人の中にはカメラを見たことがない人が多かったから、人々は赤い布の下にはカメラがあるのだろうかと思いながらも、恐怖を募らせていた。兵士たちの頭目が何か怒鳴ると、布がいっせいに取り外された。そこに現れたのはピカピカ光る機関銃だった……」

本多氏の『中国の旅』に記録された夏さんの証言に戻ろう。

「突然、軍官の命令する声がきこえ、『何か』のカバーが一斉に除かれた。機関銃だ。夏さんはそれまで機関銃というものを見たことがなかったが、光る銃口は何かただならぬ武器であることを直覚した。「早く立って逃げて!」と兄に言った。瞬間トラックのそばにいた指揮官らしい日本兵が、何か叫び声を上げて軍刀を抜いた。機関銃が一斉に火をふいた。わき上がる絶叫。ばたばた倒れる人びと」

この掃射で、集められていた三千人ほどの村人のうち、およそ半分が死んだと夏さんは述べている。しかし、惨劇はこれだけでは終わらなかった。以下は三人の証言者の一人、韓さんが本多氏に語った一斉射撃の後の状況である。

「機関銃の音が止んでまもなく、呼笛の音がした。そっと顔をあげてみると、見守っていた兵隊たちが引きあげるかのような気配だ。すると生き残った者たちが、一斉に立上がって逃げようとした。とたんに再び呼笛が鳴り、機関銃掃射がくりかえされた。これで生存者はさらに少なくなってしまった。

二度目の掃射が終わると、兵隊たちは銃剣をかざして死体の山に近づいた。思い思いに、死体を蹴とばしたり、銃剣で刺したりしながら、折重なった死者たちの上を歩いてくる」

この後は婦女子を銃剣で突き刺す、読むに忍びない場面が続いた。このような二度目の掃射や、日本兵が生存者をさらに銃剣で刺し殺したことについて、私は母からも聞いていた。その話になると、母はとても口惜しそうに言うのだった。

「日本兵は、最初の掃射で村人がみんな死んでしまったと思って撤退を始めたのに、生き残った人が立ち上がって逃げた。それで二回目の掃射以後のことが起こった。そのまま死んだふりをしていればいいのに！」

真　相

このように本多勝一氏の『中国の旅』は、私が小学生時代以来、折にふれて聞いていた平頂山事件の有り様をまざまざと蘇らせた。一方、当時の日本側関係者はこの事件をどう見ているのだろうか。私が撫順でたまたま知り合った諸石治助さんは、事件当時、撫順炭鉱運輸部にいた人で、私が日本に来てからも親交が続いている。私は諸石さんを訪ねてみることにした。

諸石さんは私の質問を聞くと、「君の読んだ『中国の旅』という本には、我々、撫順にいた日本人炭鉱関係者たちは異議を持ちましたよ。関係者で作っている『撫順会』は、わざわざ(平頂山事件の)調査をやって、報告書もできていますよ」と言いながら、本棚から一冊の厚い本を出して見せてくれた。

書名は『リポート「撫順」一九三二』。目次のページを開いてみると、平頂山事件、万人坑《ワンレンケン》、コレラ防疫事件などの章が立っている。かなり貴重な資料と思えたが、まず諸石さんに事件についての見方を尋ねた。

「(馬賊たちは炭鉱を襲撃した後)さんざんに日本軍にやられて逃げ回ったが、やはり全部そんなにすばやく逃げられるとは思いませんね。どうも近くの楊栢堡《ヤンバイハオ》、いまは平頂山と呼ばれるところに逃げ込んで隠れていたと思います。そして、その虐殺はすぐ翌日に行われたとは思いません。もう少し時間が経って、村民に何回も何回も馬賊を出すように警告してから、どうしようもなくなって、やってしまったと思います」と彼は自分の推測を述べた。

諸石さんはまた、「日ごろ尊敬されていた久保孚炭鉱長などの民間人らが戦後、中国の国民政府に事件の責任者として処刑されたことには、胸が痛みました。さらに今日になって、中国側に事件責任者として指摘されて、それが日本で広まると思うとやっぱりたまらないもんだね」と言った。

アパートに帰って私は、小林實氏ら撫順会の撫順問題調査班によるこの『リポート「撫順」一九三二』という調査報告を読んだ。小林氏らの調査報告は、虐殺事件発生前の「匪賊」の襲撃状況や日本軍守備隊の内部情報などが詳しく書かれているというのが率直な印象だった。「平頂山事件」の章では、被害者の人数やトラック台数、機関銃の数などについて、『中国の旅』との食い違いが多少あるようだった。

小林氏の調査リポートは次のように書く。

「新しい証言で三挺据えられた機関銃の真中の一挺は、重機関銃であることが分かった。至近距離からの重機の威力がどんなものであったか。『ひどかったです。本多レポート（生き残り中国人の証言）に記述されているとおりでありました』。機座に座った兵士の証言である。現在の現場が『鬼哭啾々』と形容されるなら、当時の現場は『阿鼻叫喚の地獄絵図』としかいいようがあるまい」

このように、この調査報告は日本軍による住民の殺害は事実として認めてはいるが、虐殺の現場の生々しい記述がなかった。一方、『中国の旅』には、そうした場面を含めて被害者の肉声が記録されている。私は、一つの事件に被害者側と加害者側との両方の言うことを聞くことはとても大切だと思った。とくに諸石さんが、日本敗戦後に国民政府の手によって民間人が処刑されたことに疑問を持っていることが、心に引っ掛かった。澤地久枝氏が書いているように、「N中尉」または「井上中尉」という責任者がいたはずではないのか。私はこの疑問の解明に力を注いだ。

そうした中で私は、中国側が指摘する事件の責任者の一人、川上精一大尉の婿・田辺敏雄氏による独自の調査の報告書『追跡・平頂山事件』を手に入れて読んだ。田辺氏は旧撫順守備隊の軍人たちにも面会して、事件の様子をいっそう詳しく報告している。

しかも驚いたことには、澤地氏の著書に登場した自刃夫人の夫・井上清一中尉の中国（満州）「出征」後の足取りを、田辺氏が追っていた。同氏によれば、井上中尉の指揮する衛生小隊は錦州作戦に向かった。以下、『追跡・平頂山事件』から引用する。

「相当の抵抗が予想された錦州攻撃であったが、張学良軍が自発的に撤退したため日本軍は、『一兵も損せず一弾も交えず平和裡に入城』する。それだけに、井上小隊の活動の場を減じたことは確かであろう。二月下旬、衛生隊に帰国命令がでる。わずか二ヵ月半の短期滞在であった。中尉がこのまま内地にもどれば何事もなくすんだはずであった。

だがすでに一軍人の性格を越えたところに中尉はいた。歓呼の嵐の中を悲壮な決意で出陣したのに比べ、任務といえばそれまでだが、郷土の期待とかけ離れた活躍ぶりになった。然るべき手柄を携えて、武勇談の一つももって帰国させなければと、上層部の配慮がはたらいたとしても当然のことであろう。一人満州に残り、撫順中隊に配属されたのである」

田辺氏は、虐殺事件の様子について、現場参加者の守備隊員の口からも証言を得ている。その一人、藤野一等兵(当時)は次のように語ったという。

「夜が明けてからトラックの迎えで中隊にもどり、食事をした後に呼集がかかった。午前九時前後、あるいはもう少し遅かったかもしれない。引きつづき晴れ上がっていた。井上中尉は隊員を前に、これから工人部落に行き、全員抹殺するとの明確な指示を与えた」

この証言から明らかになったことは、井上清一中尉がやはり事件に関わっており、それどころか彼が住民殺害の指示を下していたこと、そして諸石さんが憶測したような、事前の勧告の類は行われなかったことだ。藤野元一等兵らの証言によって田辺氏は、虐殺現場を次のように再現している。

「弾薬庫から銃弾をトラックに積んだ初年兵を主力とする四十余名は重機一、軽機三を携行し、三台のトラックに分乗し、中尉の意図する殺害予定地へと向かった。そこは谷合いになっていて、以前採砂場だった所である。そこで重機を中心に、左右に間隔をおいて軽機を据えつけ、茶系統のカバーをかけ、隠しておく。

中尉はその場で部落民を連行するように命じ、兵士は中尉と少人数の隊員を残し、徒歩で部落に向かった。写真を撮るという理由をつけ、(中略)部落民の後方に立ち、銃剣で追うように約五百~千メートル離れた現場に連れていく。(中略)一ヵ所に集められた住民はそこに座らせられる。そして、中尉の『撃て』のピストルの合図により、カバーをはずし重軽機の射撃になった」
「射撃時間はそう長いものではなかった。重機は分速五百発、軽機は二十～二十五発の連続発射が可能である。だが、弾丸は重機用で二千発程度を持っていったに過ぎない。それに銃弾は貴重品である。あるだけ使える余裕もなければ、習慣もなかった。それに、井上中尉は射撃を途中で止めさせた事実がある」

その後はどうなったか。田辺氏の『追跡・平頂山事件』に収録された藤野元一等兵の証言はここまでだが、本多氏の『中国の旅』の夏さんや韓さんの証言によれば、それは銃剣での刺殺である。加害者側の藤野元一等兵によるここまでの証言は、被害者側の夏さんの証言と内容がほとんど一致している。両者をつなげると、事件の全貌がいっそう明らかになるわけだ。

事件後、井上中尉はどうなったのか。事件そのものが問題とされなかったので、彼は受けるべき処罰を受けずに、逆に昇進の道を辿り続けた。もう一度、田辺氏の『追跡・平頂山事件』から引用する。
「井上中尉は十一月末に撫順を離れ、大隊本部付きとなって奉天に移り、さらに第四中隊に転属する。事件後二ヵ月の転属がどういう意味を持つかつまびらかでなく、国際連盟で取りあげられた時期との一致も、偶然なのか、関連があったのかも不明である。

川上大尉の内地転属は昭和八年三月だが、この後の満州事変論功行賞で、井上中尉に功五級金鵄《きんし》勲章が授与されている。(中略)

大隊本部営庭の台上に井上中尉は立ち、一個小隊の分列行進の栄誉礼をうける。さらにその後、上司の仲介により再婚相手が決まり一時は金鶏に花嫁の両手に花と評判になり、昭和十年満州の地を離れて、内地に帰って行った」

私は日本でこのような資料を読んで、たいへんな衝撃を受けた。残留日本婦人・曽おばさんに私が日本語を習っていることへの母の反発がきっかけで、この事件に父母があやうく巻き込まれるところだったことを、私はすでに知っていた。しかし、夫の出征にあたって「後顧の憂を断つ」ために妻が自殺をしたという異様な「美談」の主がこの虐殺の指揮官であり、処罰を受ける代わりに勲章までもらっていたとは……。

当時の関東軍は、事件の事実を覆い隠すため厳しい箝口令を敷いた。そのため、撫順の市民、犠牲者の遺族たちは、事件後六十年近い歳月を事件の真相を知らないまま過ごしてきた。だが、本多氏の『中国の旅』は被害者側の肉声をそのまま伝え、日本で大きな波紋を呼び、田辺氏の『追跡・平頂山事件』に見るような新しい事実が発掘されて真相解明に近づいた。これは、とてもいいことだと思う。

私の撫順の家は「平頂山殉難同胞記念館」や記念碑のすぐそばで、毎日二回、会社の行き帰りに山の上に聳えている記念碑を眺めていた。市民たちのほとんどはこの事件のことを知っているが、今の日本や日本人を恨んだり、憎んだりする人はあまりいないと思う。日本人の中には、記念館や記念碑を利用して反日教育が行われていると想像する人もいるようだが、そんなことはなかった。私自身としても、この事件を取り上げたことの目的は、だれか特定の人物の責任追及に関心があるのではなく、歴史的事実をありのままに認識し、若い世代に伝えることが必要だと思ったからだ。

第5章 村に生きる

李おばあさん

私は父や母から平頂山事件の話を聞いても、曽おばあさんに対する気持ちは変わらなかった。それは曽おばあさんも、当時の権力に騙されて中国に渡ってきた戦争の被害者の一人だと考えたからだ。

次の日の朝、いつものように集めた菓子、果物、缶詰をカバンいっぱいにつめて出かけた。母は「全部持っていきなさい、もう帰らないでいいから、彼女の息子になりなさい！」とぶつぶつ言う。私は振り返らずに家を出た。

この日は旧正月の四日目の日で、上の娘さんの芳栄一家が来る日に合わせたのだ。できるだけ曽おばあさんに手間をかけさせないようにするためだ。村に入ると、遠くから曽おばあさんの家の前で遊んでいる二人の孫たちが見えた。今日来てよかったと思った。曽おばあさんは玄関に出てきて「よかった、やっと来ましたね！」と迎えてくれた。毎年のことだから、おばさんは待ち望んでいたようだ。

部屋の中には曽おじさん、上の娘夫婦がいた。全部そろったのを見た曽おばさんは、すぐ食事の支度を始めた。ふだんからうまく中国の料理ができないと言っているおばさんは、隣の家の〝不倫妻〟を呼んできて、手伝いをしてもらった。曽おばさんは彼女のことをいつも「リュウ」さんと呼んでいるのだが、実をいうと私はどんな漢字を書くのか、いまだに知らない。たぶん「柳」さんだと思うのだが。

中国では、「不倫」は既婚婦人にとって、最も許し難い悪徳である。そういう行為、あるいは噂が立つとすぐに広がり、人々から疎外される。そんなわけで私は、曽おばさんのところに通った数年間、あまり彼女と話したり、挨拶などもしなかった。

しかし彼女は、明るい性格の人だった。曽おばさんの家の台所で大声で笑ったり、しゃべったりしながら食事を作っていた。台所仕事に慣れているようで、米を洗ったり、野菜を切ったり、竈の底に薪を入れたりするのがとても素早い。彼女は四十代の終わりで、頑丈な体格をし、よく日に焼け、顔立ちは燃える炎のようで目が大きかった。典型的な中国人農婦の姿だと思った。

おかげで、曽おばさんは私たちとゆっくり話をすることができた。私たちが楽しくしゃべっている間、それはほんの三十分もたっていないような感じだったが、リュウさんはご飯と八品のおかずを作った。私たちはそろそろ食事を始めようと、リュウさんをオンドルの上に招いた。しかしいくら呼んでも彼女は食卓に来ない。曽おばさんは一生懸命オンドルの上に引っ張ったが、彼女はますます照れて、どうしてもオンドルに上がってこなかった。リュウさんが食べないなら。おばさんも食べないと言ったので、とうとうリュウさんは台所で、竈のそばにしゃがんで食べることにした。

いくら世間の掟に反する行為をしていると見られている彼女でも、食卓の習わしはしっかりと守っているようだ。中国の北方地方での伝統的な慣習では、お客さんが来た時、その家の家父長が「陪客」といって、お客さんと一緒に飲んだり食べたりする。子供は成人にならなくては、食卓についてはいけない。酒を飲み終わったら、お客さんは子供を呼ぶ。それで初めて、子供とお母さんが一緒に食事をすることができる。もっと厳しく伝統を守る主婦なら、お客さんが帰ってから食べる。今日のような場合、私もお婿さんもお客さんではないのに、彼女は遠慮した。

食事の最中に、少しふるえたおばあさんの声が外から聞こえた。「忠義君が来たのか」。それは近所の老李太太《ラオリータイタイ》（李おばあさん）の声だと私にはすぐ分かった。私は老李太太と知り合ってもう四、五年にもなる。

それは、曽おばさんのところへ勉強に来るようになって、三、四回目の時だった。冬休みのある日、曽おばさんの家を訪ねたら、同じ年配のおばさんがいた。私が部屋に入ると、曽おばさんは「忠義来了《ツオンイライレ》」と中国語で言ったが、意外にもこの見知らぬおばさんは、「いらっしゃい」と日本語で挨拶した。私はびっくりした。まさかこの村に、もう一人の残留日本婦人がいるなんて！　このおばさんは髪に白いものが交じり、顔には深い皺が刻まれ、その皺の中には埃がつまっていた。頬骨と目と前歯が特に大きい特徴のある顔立ちで、とても中国人的なのに、なぜ日本語ができるのか不思議だった。

「大娘会説日語？（おばさんは日本語ができるの）」と聞いたら、彼女は遠慮深げに微笑んだ。曽おばさんが「会一点（少しだけ分かる）」と言った途端、自分の能力を正当に評価してもらえないと感じたらしく、目の大きいおばさんはすぐに「いや、いや！　若い時もっとしゃべれたの。今は年とって忘れただけよ」と言い返した。

私はもっと質問したかったが、突然、猛烈な咳に襲われた。目の大きいおばさんの指の間に挟まれているタバコの煙がとても強くて辛かったのだ。私と同様に、目の大きいおばさん自身も咳をし始めた。そして痩せた腰を猫のように曲げて横になってしまった。やがて咳が止まり、腰を伸ばして起き上がった。頬の皺ぞいに涙の跡がついているのもかまわずに、失ったメンツを回復するように言葉を続けた。

「若い頃、よく日本人と付き合ったの。どんな世間でも見たよ。この村で日本語が分かる人は秀英姉さんの他は、私一人だろう」

いかにも自慢そうにこう言ってから、捨て惜しんだ巻きタバコを、前歯が一本抜けているところへ差して吸い続けた。その手つきも、この村では見られないほど艶やかだった。

そして「坊や、よく勉強しなさい。俺の言葉を覚えていれば、いつかきっとためになる」と、高い見識を持った人のように私を励ましてくれた。周囲の人の理解を得がたい私の日本語の勉強を、このおばさんに励まされ、私は心から嬉しかった。この見知らぬおばさんは、なぜ日本語が少しでき、村人を見下したように若い頃のことを話すのか。どのような経験をしてきたのか。私は彼女の鶏の足のように黄ばんでいる指から上がるタバコの煙を眺めながら、とても不思議だった。

「それじゃ、勉強の邪魔をしないように俺は帰るぞ」

彼女は私の方を振り向いて「頑張って」と言いながら立ち上がり、よろよろ出ていった。

私は曽おばさんに彼女はどんな人かと聞いた。するとおばさんは声をひそめた。

「彼女は若い頃売春婦だったのよ。家が貧しくて妓楼に売られたらしい。共産党政府が撫順に入って売春を禁止したので、良民に戻った。その後、この村の馬という人と結婚して蓮島湾に入った。馬が死んだ後、今の李と再婚したけどね。李は彼女より二十も年上で、今は寝たきり老人だよ。彼女は売春婦だったせいか、ずっと子供に恵まれず、独りで寂しいからよく家に来るの」

私はもうすこし聞きたかったが、曽おじさんが帰ってきたので、おばさんは「老李太太」についての話をやめた。

おじさんは私を見て、「忠義君がいらっしゃったか」と挨拶をした。すぐオンドルの奥にあったタバコの箱を引き寄せ、その中のタバコを取ろうとするやいなや、表情が変わった。

「老李太太がまた来ただろ。あの野郎、また俺のタバコを吸ったな」

と悪態をついた。

「だって彼女、金がないから。少しのませたっていいじゃない」

「金がなければ、タバコなんか吸うな」

「若い頃からの癖だろ。もう直らないよ」

「若い時のことなんか、俺と何かの関係があるのか、え？」

曽おじさんはそう言って、巻き上げたタバコをズバズバ吸った。

これが「老李太太」と初めて会った時の思い出である。

最底辺

今日はたぶん彼女は、私が来るのを見て、わざわざ会いに来たのだろう。私が大学に入ったことで彼女の数年前の予言が当たったので、李おばさんは偉い予言者のように振るまって、村の若い人たちの前で威張っているとも聞いた。突然の彼女の来訪に、私たちは席を立って挨拶した。食事中だから、誰が入ってきても一緒に食事を取るように勧めるのが我々のところの常識だ。すると彼女も一般的なやり方で、まず遠慮する。「いや、まだお腹が空いてないので、どうぞ構わずに」と言う。その時、曽おじさんは「どうぞ、机にタバコがあるからご自由に」と言った。新年だったから、おじさんはそう親切に勧めたのか。いや、その机のそばに椅子もあり、そこに座ってタバコを吸えば、食卓に上がらないだろうと考えたからのようだった。

老李太太は少し考えて、「そうだね、忠義君はお客さんでもないから、そんなに遠慮したらかえってよそよそしくなるんだ」と足を曲げてオンドルに上がった。曽おじさんはやや眉をひそめたように見えたが、曽おばさんは老李太太にビールをついだ。老李太太はオンドルの上にあぐらをかいて食事を始めた。

一方、リュウさんは台所で竈のそばにしゃがんで食べている。村人の目には二人とも同じように「男女関係の乱れた者」と映っているようだが、二人は互いに相手を見下しているようだ。老李太太は、リュウさんが村の農民と野合するのでプライドが低すぎると思い、リュウさんから見れば、老李太太は職業として体を売っていたのだから、最悪である。二人は決して仲が良くないのだが、曽おばさんはその仲を取り持つ。村人はみな二人を敬遠するので、曽おばさんが仲に立たないと、もっと孤立する。彼女たちのように、過去に汚点があり、あるいは数千年伝わってきた倫理、古い社会意識をはずれた者は、村では永遠に取り残されてしまう。

老李太太は年もとっているし、農村社会に復帰してから昔の生活に一線を引いた。だから今ではあまり話題にならない。これに対してリュウさんはまだ若く、世間の付き合いも多いので、いまだに噂になっている。数年前、リュウさんを巡って大変な騒ぎが起こった。

ある年の夏、彼女の夫は大学の休みで村に帰ってきて、曽おばさんの家を訪ね、長いため息をついた。曽おばさんは「どうしたの、そんなため息をついて?」と聞いた。彼は「息子だから何も言えないな」と言う。曽おばさんには、すぐ彼とお父さんの間に何か起こったことが分かった。「いや、あれこれ疑わない方がいい、そんなことはありえないよ」と曽おばさんは慰めた。

数日後、リュウさんが家にきて「主人と離婚した」とおばさんに言った。

「えっ、そんな……」と、曽おばさんのびっくりした様子を見たリュウさんは、「離婚っていっても手続きだけよ。主人は学校の都合があるからって、しばらく形式だけの離婚をしたのよ」と言った。そんなことがあるのかと、おばさんは不思議に思いながらも、様子を見ることにした。本当に「形式離婚」したようで、冬休みには「前夫」はいつもと同じように帰ってきて、一緒に暮らしている。しかし、ある日、リュウさんは曽おばさんのところに来て泣いた。

理由を聞くと、「前夫」に避妊リングのことで疑われたのだという。彼が帰ってきた時、彼女はちょうど生理日で、腰が痛いと訴えたら、彼は敏感に「お前は避妊リングをつけたのか」と聞いた。彼女はつけてないと否認した。

「それでは病院に検査に行こう」。「いいよ」と、二人は病院に行った。病院で検査を受けたら、彼女は避妊リングをつけていた。それだけでなく、金属のリングは少し錆び出していた。また子宮に新たな小さなこぶのようなものができていた。前夫は自分がいない間、避妊リングをつけたのは何のためだ、今こういう状態になるのは自業自得だと厳しく叱った。

前夫は、それは村の上層部から勧められたのか、自分で進んでやったのかを問わずに、ただ避妊リングをつけたのは怪しいと言う。しかし曽おばさんは、形式か正式かはともかく、すでに離婚した男が彼女のことをあれこれ言うことはできないと思った。

曽おばさんは、リュウさんの前夫を自宅に呼んで、「……わたしは隣に住んでいる外国人のおばさんですけど、あなたが外で勉強しているこの四年近く、リュウさんは四人の子供を一生懸命に育てて大変な苦労をした。その分だけ理解してあげなさい」と訴えた。

その後、リュウさんの前夫は帰ってこなくなった。リュウさんと離婚したこともあって、独身男子として南方の大都会に配属されたという。その後のリュウさんの生活は、以前に増して大変なようだった。

また一つ、リュウさんを巡って事件が起こった。

曽おばさんとリュウさん一家が住んでいる長屋の真ん前に、もう一軒の家があった。そこにリュウさんと同じ年ごろの、村人に「老《ラオ》タン子《ズ》」と呼ばれている主婦がいた。この「タン」については正式な漢字が見当たらない。

私たち東北地方に住んでいる人間が大陸中部から移住してきた人にあだ名をつけるが、彼らの中国語のアクセントが上がったり下がったりして変わっているからだ。他の地域から来た人にもいろいろあだ名をつける。たとえば南方の広東、広西省からの人を「蛮子《マンズ》」と呼び、西から来たイスラム（回）教徒を「回子《ホイズ》」という。

老タン子が住んでいる部屋の後ろの窓は、ちょうどリュウさんとおばさんたちの住んでいる部屋の玄関に向いているので、リュウ家のいろいろのことについて、毎日観察しているように詳しい。老タン子は身長や顔つきも村人と変わりないが、おしゃべりだし、口が軽い。この人が、リュウさんにまつわるいろいろな噂の発生源の一つでもあった。

ある日、老タン子の家で九十元の人民幣が盗まれ、同じ村の李長寿《リチャヤズウ》さんという人が盗んだことが分かった。金はどこにあるかと聞いたら、リュウさんにあげたという。それを聞いた老タン子は怒りを爆発させ、「今日中に金を戻してくれないと公安派出所にいくぞ」と脅かした。李さんはその日の晩に九十元をそのまま返した。しかし老タン子はまだ腹の虫がおさまらない。当時小隊長だった夫を動かして、第二小隊で批判会を開くよう大隊指導者に求めた。蓮島湾は一つの生産大隊になっていて、そのトップは大隊党書記長である。大隊の下に全村が三つの生産小隊に分けられている。リュウさんも老タン子も第二小隊に所属していて、第二小隊の小隊長が老タン子の夫なのだ。

老タン子の夫は、「もう金が戻ったし、李も詫びをしたし、何で改めてリュウさんを村人の前で批判しなければならないのか。彼女は一人で四人の子供を育てて大変だったのに」と反論した。

「あなた、不倫をした彼女に同情して、彼女と何かあるの、大ぼけ！　あなたが彼女をかばうなら、私は大隊の蘇書記長のところへ行きますよ」と老タン子は言って、その夜、大隊書記長の所へ行った。

じつは老タン子は若い頃、蘇書記長と一時、リュウさんと同じような、不名誉な出来事を起こし、村で大変な騒ぎになったことがあった。村のトップの人がこんな乱れた関係にあったのではいけない。全村の人々に詫びるべきだという声も強かった。しかし生産大隊の指導部の人たちは、蘇書記長がこんなことをするのは個人的な問題である、もし全村民の前で自己批判をしたら彼個人の威信が落ちるばかりでなく、わが党の名誉に傷がつくことになると主張して、党員内部だけの自己批判ですましたのだった。

そして老タン子のおかげで、彼女の夫は人民公社の平社員から、組長を経て小隊長に上がった。そのため彼女は、夫や大隊書記長に対して発言権が強いのである。当時は法的な秩序がまだなかったため、多くのトラブルが行政の手で解決されていた。

リュウさんは、老タン子が蘇書記長の所へ闘争大会を開くよう求めに行ったと聞いて、怖くてたまらない。その夜、子供を置いて、親戚のところへ逃げていった。しかし、下の子供三人はまだ小学生だった。曽おばさんはそれを知って、子供全員を自宅に呼んで、食事から学校の世話などいろいろと面倒を見てやった。一番下の子は七歳だった。食事を用意しても上の子たちは食べない、学校へも恥ずかしくて行けないという。

曽おばさんは、「お母さんが毎日苦労したのは誰のためか？　あんたたちを育てるためでしょう。あんたたちが村の子供より楽に食べられ、着られるのは皆お母さんのおかげでしょう。元気を出して学校に行きなさい」と言った。

上の子たちが学校に行ってから、おばさんは下の子供を連れて蘇書記長の家へ向かい、「この子たちのために、リュウさんを許してくださいさい、お願いします」と訴えた。

曽おばさんのおかげか、その後、リュウさん批判は中止された。

私はその村に通った数年の間、知り合った村人からこう問われたこともあった。

「曽おばさんは本当に心の優しい良い人だが、しかしどうしてあんな人たちとも付き合っているのか」

彼らから見れば、そういう人たちに近付くだけで、同じ色に染められるという考えなのだ。私は曽おばさんが、女性として世間の最底辺で、さまざまな苦しみ、悲しみを体験してきたので、そうした社会の底辺に生きる女性に、人並み以上の理解を持つことができ、同情の目で見守ってあげられるのだと思った。リュウさんも曽おばさんを一番頼りにしていて、曽おばさんを手伝ったり心配したりしていた。

必死の子育て

曽おばさんの夫の王さんが死んでまもなく、王さんの姉は「王の兄がいまだに独身でいる、娘のことを思うなら、田舎の習わしに従って彼と再婚しなさい」と言い、他の人の所へ嫁に行くのなら、王さんの物を全部置いてから行けと脅した。

しかし王さんの兄は当然、王さん以上に年とっており。普段から好感を持ってもいなかったので、どうしてもその気になれなかった。そして彼女の心の中には、挫折をしても、依然としてかすかに燃え続ける祖国に帰るという希望の炎があった。同じ日本人残留男性がいたら、一緒に暮らして、いつかチャンスがあったら日本に帰るという夢を持っていた。

それは決して実現できない望みでもなかった。村人の一人が市内の石油工場で働いている日本人男性を紹介してくれた。彼女は自分には女の子が一人いるが、どんなことがあっても一生懸命働くからという内容の手紙を渡してもらった。すると返事がきた。「日曜日に葛布橋のたもとに来てください。迎えにいくから。一緒に働いて日本に帰る日を持ちましょう」と書いてあった。彼女はそれを読んで、胸が高鳴り、心臓が喉から飛び出しそうに嬉しかった。

しかし当時は、誰でも自由に行動できるわけではなかった。再び失敗しないように、前もって村長に「証明書」をもらいにいった。「証明書は何に使う」という村長の質問に、「ちょっと用があります」と彼女は答えた。村長は聞かなくても彼女の意図が読めたので、「村に独身者がいっぱいいるのに、市内に探しにいくなんて、証明書は出せない」という。「私は嫁にいくのではなく、働きに行くのだ」といくら言っても理解してもらえない。その頃は証明書がないと、どこへも行くことができなかった。いくら苦しんでも、誰一人味方になってくれる人もいなかった。

家に帰っても、平穏でいられる状態ではなかった。王さんの姉は毎日、煩わしいほど兄との結婚を強いる。近所の村人たちも、いやになるほど次々と縁談を持って来る。彼女には親戚や肉親がいないから、相談できる人も逃れる所も何一つないのだった。とうとう耐えられなくなって、村に新しくできた婦人の権益を守るという婦人会の戸を叩いた。ところがそこでも同じ話が出る。中国の従来の思想では「女大当婚（成年女性は皆結婚すべし）」、つまり家庭を作ることこそ、社会安定を図る基本と考えられていた。結婚しないと皆の目が集中し、疑われたり、噂になったりして、とても生きづらいのだ。

婦人会の人は、「八路軍から除隊してきた人で、財産はないが独身で、気の優しい曽青風という青年を紹介してあげる」と言う。市内に行けないのなら、ここで一人で畑づくりもできないから、その曽という人と結婚しようと思った。曽さんの所へ嫁ぐと決めたら、婦人会や村長の力が大きくものをいい、王さんの家財は全部子供のものとしてもらえることになった。このような状況で、彼女は一九五二年ごろに再婚し、名前を王秀英から曽秀英に変えた。やがて、女の子が二人の間に生まれた。ところが曽さんは、婦人会の人たちが言ったような心優しい人ではなくて、口数の少ない気の短い人だった。

当時村では、自分に当てられた農地を耕作するそれまでの方式を変え、「互助組」といって五、六軒の人たちが一組になり、一緒に働くようになっていた。二年ぐらい経つと今度は村中の人たち全部が一緒に働く「人民公社」が成立した。村に生産大隊の本部ができ、日々の仕事については、本部からの指令を待つ。彼女は夫と一緒に人民公社で毎日一生懸命に働いた。しかし年末になっても、金が支払われない。これではただ働きではないかと思った。指導者に聞くと、いまソ連に借金を返済しているから、国のため少し我慢してくれという。一日に少しのトウモロコシの粉だけが配給になった。

食糧が足りないと力も出ないが、それでも仕事を休んではいけないという。その後さらに、食事も村全体が一緒に取るように「大食堂」ができた。食堂といっても学校の教室を建て直したもので、食事というのは朝晩お粥と漬物ぐらいだった。皆足りないと叫ぶが、どの人も公平な割合であるという。

しかしトラブルが頻繁に発生した。ある人は自分の分には米が少ない、他の人が多めに与えられたと言う。この村ではどの人でも家族、親戚、友達がいるわけで、同じようにお粥を分けているように見えても、知り合いには少し下の方から米粒を取り、関係のない人には粥の上の方を少しかきまわして、水分だけを分ける。

こうなると、一番公平で良心的に分ける人を盛り付け係に選ばなければならない。あれこれ考えて、夫と子供以外に肉親など一人もいない曽秀英さんが選ばれた。彼女は本当に公平で、どの人に対しても鍋を底から一回かきまわしてとってあげる。

自分の娘二人にもそうだった。娘たちはお腹が空いていると、やっぱり泣く。彼女はそのため、昼休みや夜帰る時に周りの丘に登り、毒のないかぎり、どんな野草でも摘んで帰った。夜子供たちが眠ってから、摘んできた野草を洗い、茹でる。そして細かく切って少量の粉に混ぜて、翌朝の食べ物にする。毎晩丘に登るから、家に帰るのは他の人以上に遅くなる。子供はお腹を空かして、泣きながら母の帰りを待つ。そんな時に夫は苛立ち、彼女が帰ると、八つ当たりする。曽おばさんは、毎日これほど苦労しているのに理解してくれず、かえって怒る夫に腹を立て、盾突く。理屈でかなわない夫は、彼女をぶん殴る。そんな時には、悔しくて大声で泣く。

自分が何のため遅く帰るのか、夫は分かってくれない。少しは弁の立つ人なら、上の人に取り入ってなんとか食糧をもらえるのに、この人は何もできないくせに、家で暴力を振るう。彼女は、なぜ自分はこんなに運が悪いのかと嘆いたが、周りの人たちも豊かではないのだから、仕方がないと思って諦めた。

夏なら少し苦労しても何とか過ごせるが、冬は、十分に着るものがないと生きていけない。二人の娘は大きくなり、毎日小学校に通っている。綿入れ靴もないと、零下三十数度の寒い冬を過ごすことはできない。秋風が吹き始め、周りの丘の木の葉は色づき、いろいろな木の実が実り始めた。そろそろ冬のことを考えなければならない。昨年の冬、娘たちは足が凍ったと訴えた。下の子の小さいかかとに大きなひび割れができた。もう今年は、絶対に子供を苦しめないように、綿入れ靴を作ろうと思ったが、布や綿を買うお金がない。それに彼女は、中国北方の気候に対抗できる靴の作り方を知らなかった。

忍耐

お金がほしい。どうすればお金を稼げるのか。そうだ、もうまもなく、市内から大勢の人たちが茸を採ったり買ったりするためにやって来る。手を伸ばせば金になるものがすぐ近くにあるのに、それは社会主義集団生産を迷わす資本主義的副業として禁止されている。でも、今を逃せば子供たちは一冬中苦しむことになる。彼女は思い切って山に入った。彼女は人民公社の仕事をさぼって、朝暗いうちに一日中の食事をこしらえて家を出、夜真っ暗になってから家に帰った。それは村人の目を避けるためと、もう一つは彼女には上着もズボンも一着ずつしかなく、夜遅く帰れば誰も来ないので、裸になって着物の汗を洗い落とすことができるからだった。次の朝まだ湿ったままのものを身に着けて出かける。

二、三日経ったある夜、上着とズボンを洗っていると、組長がドアを叩いた。慌てて奥の方に逃げて、風呂敷を一枚摑んで身にまとった。

組長は「最近生産隊の仕事に出ない上に、部屋中に茸が干してあるのはどういうことか。こんなことを続けていると皆に批判されるぞ」と言う。彼女は黙って聞いていたが、「誰もが生産隊の仕事を捨てて山に入ったら、どういうことになると思うか？　明日必ず仕事に出なさい」と組長に申し渡された。

彼女は悩んだ。今やめれば中途半端になってしまう。子供の一冬のことを考えれば、批判されてもいい。彼女は茸採りに行くことをやめなかった。次の夜、夫は不機嫌な顔をしていた。生産隊で妻の悪口を耳にしたらしい。

「村人全部が真面目に仕事をしているのに、お前一人がサボっている。誰でも金はほしいだろうよ。なぜお前だけ特別なんだ」と激しく怒った。

村の共産主義教育では、「大衆、集団と離れないこと」が強調された。夫も従来の考えで「幸福はみんなで享受し、困苦があれば皆同様に耐えるべきだ」と言う。曽おばさんの行動はこの村の伝統と現実に反するもので、皆からの非難、嫉妬の的になるわけだ。

ところが彼女の家は、村人の平均よりずっと貧しかった。村人なら昔からの生活基盤がある。そうでなくても親戚がいて、困る時には多少とも助け合える。彼女たちには、そうしたものが全くない。結婚する時、夫は着のみ着のままの兵士だった。村に遠い親戚が一人二人いるようだが、貧しいから付き合ってもくれなかった。彼女は自分の力で幸せを築きたいのだが、そんな考えはこの土地では、無理なのだった。彼女はこの一切を耐え忍んだ。少しでも口答えしたら大きな喧嘩になるからだ。

二、三週間すると、市内から大勢の茸を買う人々が村にやって来た。彼女はためてきた茸すべてを売り、二十三元の現金を得た。それは市内の会社員が一ヵ月働いて貰う給料に近い金額だった。子供のために、弱い母の力で稼いだ金だと思うと嬉しくて涙が出た。夫や組長の非難の怒鳴り声などは、すっかり忘れてしまった。さっそく町へ行って娘たちの綿入れ靴や冬の着物を買ったが、それでも手遅れだった。下の子は足の病気にかかり、その後、両足がX形に曲がってしまい、いつまでも母の心を苦しめることになった。

貧しく、それでも一生懸命働いている間に男の子が生まれたが、まもなく病気になり、金がないため、病院にも連れて行けず死んでしまった。

また暑い夏がやってきた。曽おじさんは集団作業についていけないようで、二、三年前から生産隊の馬飼いをするようになった。ある日、曽おばさんが家にいると、突然見知らぬ少年がとんできて、「おじちゃんが、馬に咬まれて倒れたよ！」と知らせてくれた。彼女は急いで厩《うまや》へと走った。厩は生産大隊の本部の真ん前だったが、誰一人助ける人もなく、曽おじさんは血まみれになって倒れていた。曽おばさんはこの光景を見て絶叫した。

「これが人民公社なのか！　隊長の奥さんが病気になったらみんなが出てきて助けるのに、私の夫は口が重いというだけで、誰も助けてはくれないのか！」

あたりはシーンとして何の反応もない。曽おばさんは、夫が口下手で正直だから、いつも率直にものを言うため、みんなに嫌われているのだろうと思った。夫を助け起こし、後に付いて来たリュウさんと二人で病院へ連れていった。生産隊の幹部がついて来なかったので、病院の診療も通り一遍のものだった。暑い夏の日だったので、曽おじさんの腕は腫れ上がり、膿のような黄色い体液が傷口から流れ出していた。家に帰ってから腕は思うように動かなくなり、その時から彼の右腕は曲がったままになった。本当に天から降ってきたような災難だった。どうして馬に咬まれたのか。気の短い人だから、馬に優しくなかったのだろうと彼女は思った。

曽おじさんが仕事を休んでいると、食糧がもらえない。一家四人の口を養うために、彼女は夫の分まで働かなければならなくなった。ずっと後のことだが、私が曽おばさん、おじさん、リュウさんの三人と世間話をしていた時、リュウさんはこんな思い出を話してくれた。

「その頃、農村の一番きつい仕事というのは生産隊の施設の建て直し作業だったよ。それこそ体格のいい、力のある青壮年たちが労働点数を稼ぐチャンスだった。姉さん（曽おばさんのこと）は、夫のケガという事情もあって、その建築作業に名乗り出た。それは屋根に上ったり、レンガを運んだりする作業で、女の仕事ではなかったけれど、彼女一人だけ男たちに交じってやった。丈夫な靴もなくて、建築現場では針やガラスの破片もあちこち散らばっているのに、レンガをいっぱいに積み上げた籠を天秤棒で担いで行き来するのは、とても危ない仕事だった。朝早く出かけ、夜八時ごろ帰ってきたよ。四、五日経って、月夜の晩に姉さんが片方の足を痛そうにして帰ってきた。どうしたのと聞くと、土踏まずに何かが刺さって大きな傷が見えた。それなのに、次の朝は、相変わらず朝早く子供たちの一日の食事をこしらえて出ていったよ」

リュウさんは、こんどは曽おじさんの顔を見ながら、話を続けた。

「おじさんは腕の具合もあるし、もともと家事なんかに縁のない人だから、手伝うこともできないしね。そのため家の内も外も、姉さんが全部やらなければならなかった」

曽おばさんはこの時、おじさんに向かって、「あんたは中国人の男尊女卑の思想の持ち主だよ。旧社会の腐った頭の代表で、もう改造できないね」と言った。

「その後また幾日経った頃か、今度は昼ごろに、姉さんがヨロヨロと入って来るのが見えた。青白い血の気がない顔色をしていた。姉さんは家の戸口で意識を失って倒れた。ズボンから血が流れ出していた。私は曽おじさんと一緒に病院に運んだ。流産だったんだ。医者は絶対に一週間ぐらいの静養が必要だと言った。私たちは入院の手続きをして帰ってきたが、その夜、姉さんは一人で帰ってきた。どうも子供のことが気がかりだと言ってね。顔色が悪くて、みっともないほど痩せていた。姉さんは、子供のため自分の体なんかどうでもいいと思っているみたいだったよ」

曽おじさんは、あまりにも自分のメンツの立たない話ばかりだったので弁解した。「それは朱木匠《ツーミユシヤン》（大工）の意地悪のせいだ」

曽おばさんは「そうか、朱木匠のせいだとまだ言うのかい。あんたはいつも迷信ばかり気にする」と責めた。

「わしは気が付かなかったが、前の老タン子が家に来て、門の所を見て、ほら、お宅の門の上の具合が悪いようだといった。わしが出て見ると、本当だった。屋根から雨が漏れたので、小隊長に修理を願い出た。小隊長は朱木匠を派遣してくれた。ところが朱は家の屋根を『剣《ジャン》』一本にしたんだ」と曾おじさんは憤然と言う。

「剣ってどういうことですか」と私が聞くと、「普通なら門の上に垂木二本をかけるべきなのだが、朱木匠は一本しかかけなかった。門の上に一本だけの垂木を置くことを『剣』といって、不吉なことなんだ。わしは朱木匠に何も恨みもないのに、何でわが一家を殺そうと思うのか！」とおじさんは嘆いた。

「そんなこと、あるはずないじゃないか。でも、あんたは朱木匠に喧嘩を売りに行った。朱木匠はわけが分からないのでびっくりした様子だった。じつは、うちが貧しいから垂木を節約してくれたらしい。それで、もう一度修理してもらった。だけど、それが直っても、うちは同じように貧しいじゃあないか」とおばさんは言った。

曾おじさんは「それは違う。その後、大きな病気はなかっただろう」と言い返した。そして後ろの壁の掛け時計を見て、「おや、時間だ」と短い鞭を持って部屋を出た。

曾おじさんが出ていった後、曾おばさんは、「彼の頭は石よりも固い、封建思想ばかりだ。女は死ぬまで家事をやるべきだと思ってるんだろう。自分は薪一本もさわらない」と言った。

「そうだね、姉さんは病院から逃げてきても、次の日から井戸で水を汲んだり、山で薪を取ったりし始めたね。ヨロヨロしながら水を担いでいる様子は、本当に見ていられないね。私は上の子に手伝わせたよ」とリュウさんも付け加えた。

「山で薪を取る時、私は思い切って泣いた。転げ回って大声で泣いた。その時私は日本が恨めしかったよ。そして意気地のない自分を恨んだ。だけど這ってでも家に帰らなければならない。娘二人が待っているから。泣いた顔を絶対娘たちに見せないように、村に入るところで顔を洗って帰ったね」

と曽おばさんは言った。

第6章 覚悟

消えた帰国のチャンス

そんなある日、警察官が突然、曽おばさんの家にやってきて言った。

「あんたは日本人だろう? 国へ帰るチャンスが来たよ。中国政府が費用を全部出すから、早く市内の公安局外事課に申し出なさい」

それは、中国紅十字会と日本赤十字社とが、一九六〇年代に行う最後の引き揚げ事業のようだった。

その夜、彼女は眠ることができなかった。何度も挫折して、絶望して諦めるしかなかった祖国。忙しい日々の中で忘れていた帰国への希望の炎が再び彼女の心の中で燃え上がった。帰ろう、今度こそ目の前に実現のチャンスがあるのだ。しかし状況は数年前と大きく違っていた。娘二人がいる。この子たちを村に残したら今の父親のもとでは飢死するしかないだろう。日本に連れていっても、中国人の子として笑われるのではないか。敗戦後ずっと日本の情報に接していないので、一歩間違ったら二人の娘が苦しむだろう。どうしよう、どうしたらいいのだろう。傍らに横になっている夫は、心も話も通じない人だから相談もできない。

翌日、彼女は急いで二人の子供を連れて市内へと向かった。五キロほど先の方暁屯《ファンシャオツン》へはすでにバスが通っていた。公安局の一室に入ると、同じぐらいの年齢の女性が一人、面接を待っている。彼女は他の人たちがどういう状況にいて、どのように対処しているかを、ずっと知りたいと思っていた。彼女はその見知らぬ女性に中国語で聞いてみた。

「あなたも日本へ帰る方ですか」

「ええ、そうです。帰ります」

「お住まいは?」

「すぐ近くの九丁目です」

尋ねたいのは、やっぱり子供のこと、そして彼女の夫のことだった。

「子供さんはいますか」

「ええ、娘が二人いますよ」

「あなた一人が帰ったら、子供たちはどうなりますか」

「お父さんがいるから、どうにかするでしょう」

「日本に前の旦那さんがいるんですか」

「ええ、いますよ。新しい妻もいるそうですよ。私は前の主人のところへは戻りません。もし会うとしても友人として、それですむでしょう」

その女性は、少しの迷いもなく答えた。状況は曽おばさんとほとんど同じようでいて、ずいぶん違う。彼女は頼りなげに傍らにおとなしく座っている二人の娘を見て考えた。上の子の父親は、この子が生まれてまもなく死んだ。下の子は、父親がいてもいないのと同じである。娘たちの父親がしっかりしているので、この女性は安心して帰れるのだろうが、曽おばさんは今の状況では娘たちを捨てることは、どうしてもできないと思った。

といっても、いま自分で決断する他はない。公安局の人に、心が決まったらいつでも来てくださいと言われて、そこを出た。

家に帰り、彼女は考えに考え抜いた。人間はこうした時こそ、肉親や親友の存在が必要になる。彼女はこの国に親戚もなく、夢中で働いてきたので、相談できる親友もなく、凄まじい孤独の中にいた。

神様が自分をからかっているのかとさえ思われる。なぜこれまで、帰れる時に帰らせてくれないで、とうてい帰れそうにない今となって、帰国のドアが開かれるのか。これから自分一人の幸せを求めて、子供と生き別れたとしたら、彼女ら二人の人生にどれほどの不幸を残すことになるだろう。自分がこれまで必死に生き抜いて頑張ってきたのは、母親である自分が味わった苦しみを、子供たちには味わわせないためではなかったのか。結局、身を捨てて子供に幸せを与えようと彼女は決心した。

いよいよ出発日の四月二十四日が近づいた。彼女は日々心をかき乱されて苦しく、今となっては、もうその日が早く過ぎ去るように願うばかりだった。

そうは思っても彼女の心は揺れていた。自分は帰らないと決めたが、みんなの帰る様子を見たかった。そこでこれからの里帰りにいい方法を見い出すことができるかもしれない。集団引き揚げのその日、朝早く、彼女は二人の娘を連れて撫順駅に向かった。霧の深い朝だった。駅前広場に大勢の人々が見えた。

男女ともに中国政府から支給されたものらしい紺色の人民服を着ていて、長い列を作ってゆっくり駅の中に入っていった。両側には大勢の警察官が警備しているが、周りにその人たちの夫や子供らしい人たちがいて、一生懸命行列の中を覗き込んでいる。子供たちは母親の足を抱いて泣いたり、夫は妻の肩を抱いたりして、なかなか進まなかった。彼女は逃避行の悪夢が、もう一度蘇るような気がした。

改札口の前に、公安局で会ったあの女性が見えた。二人の十歳ぐらいの娘は必死に彼女の両足を抱き、放さなかった。夫らしい男はその二人の娘を引っ張る。目の前の駅の改札口は、親子をひき裂く閻魔の庁の門のように映った。曽おばさんの娘たちも恐ろしいのか、ぴったり母親の体にくっついていたが、曽おばさんはその光景を見て思わず涙を落とした。そして自分の子供を眺めて、やっぱり離れないでよかったと思った。

生きがい

一週間、一ヵ月経っても、撫順駅で見た光景が頭に焼き付いて離れなかった。薪を取りに行って、山のふもとに腰をおろして休むと、公安局で会った女性の顔が思い出された。今彼女はどうなっているだろう。日本で何をしているのか。中国にいる子供や夫たちを忘れただろうか。彼女は不意に昔の日本人の夫の姿を思い出した。いつも馬の看病をして、寂しそうに薬を持って立っていた。最初の夫は今でも二十歳前後の若い姿だった。涙が頬を濡らした。

彼女はじっと村の外を流れる小川を眺め、さまざまな思い出にふけった。すると、小川の流れが急にふくれ上がり、広がり、瞬間大河のように流れた。それは日本の故郷を流れる天竜川に変わった。川の彼方からお母さんが走ってきた。お父さんもその後に付いて走っていた。二人は一生懸命に彼女に手を振っている。

「ママー」曽おばさんは一生懸命に手をふる。

「ママー」と呼び声が聞こえた。見ると、自分の二人の娘が、小さな籠を腕にかけて小川を渡り、山道を登ってきた。曽おばさんは急いで涙を拭き、子供たちの方へと足を運んだ。

「どうしたの、何でここまで来たの」

「だってママが遅いから、心配になったんだもん」

二人の小さい籠の中には摘んだ野草が半分ぐらい入っていた。貧しい生活の知恵で、子供たちまで食べられる野草を見分けられるようになってきた。祖国に見放された意気地のない母親でも、幼い子供たちは、力強いママだと信じているのだろう。

「ママ泣いてたの」と下の子は聞く。

「いいえ、ママは汗をかいちゃった」

彼女は薪を背負い、両手に子供二人の手をとって、山道をかけ下りた。

「帰ろう、帰ろう、家に帰ろう」と二人の子供は嬉しそうに叫んだ。彼女も声を合わせて叫びながら走った。

後で曽おばさんが私に話してくれたことだが、それまでに今の夫と大きな意見の対立が二回あった。そのたびに彼女は、弱い立場でも断固として主張した。それは上の娘さんが中学校に上がる時と、市内の男性と結婚する時のことだった。

「上の娘が小学校を卒業する頃、村にも中学校ができたのよ。だけど中学校に上がるということは、村人にはなじみのないことでね。特に女の子だから、いくら勉強ができても、結局は他の家の嫁となるんだから、家事ができるぐらいの知恵があれば十分で、小学校まで行って字が読めればいいじゃないかと思う人が多かった。うちのような村で一番貧しい家庭で、働き手の娘を中学校へ入れるなんてバカバカしいと思われるだけだった。夫は私と娘に向かって『なに？　勉強だって？　生産隊で働く近所の娘たちでも、そうとうの家柄でないと中学校には行かないのに、どうしてうちあたりで中学校に行かなければならないのか！』と怒鳴るばかりでね。

うちの娘は貧しい家で育ったけれど、とてもしっかり者だった。周りの女の子たちが年頃になって、自分を飾りたくなって美しい着物などを欲しがっても、うちの子は欲しがらなかった。向学心が強いので、誰が何と言おうとも娘を学校に通わせた。その代わり、私は夢中で働いたんだ。上の娘が中学校を卒業する頃、下の娘も中学校に上がる年齢になった。その時には希望者が増えて、十人に一人の進学率だった。村には五十人の男女の受験生がいた。合格発表の日、娘が合格者トップの三人と聞いた時、本当に今までの苦労など全部忘れて、初めて生きがいを感じたよ」

曽おばさんは、そう誇らしげに話した。

それはまた多少の教育を受けた彼女と、立ち遅れていた村民の間の大きな差を、浮き彫りにした出来事だったとも思う。

一夜明けたら有名人

私が曽おばさんの人生で最も関心を引かれたのは、プロレタリア文化大革命の間のことだろう。その頃は少しでも複雑な経歴があれば取り調べられるし、共産党の路線にわずかでも反するものがあれば、皆の前で「つるしあげ」に合い、ひどい運命に陥ることになった。

私の父は撫順に入る前、ちょうど満州事変のさなかに、故郷の遼陽県で三ヵ月だけ、その地で蜂起した「東北救国軍」に参加し、後に日本軍に破れて、兄のいる撫順に身を寄せた。プロレタリア文化大革命の時に、父は匪賊に参加したと非難され、泊まり込みで会社の毛沢東思想学習班に入れられた。父のたったこれだけの経歴の「汚点」が、私の共産主義青年団入団を遅らせることになった。

父の同僚の一人、趙おじさんは昔、撫順炭鉱の運輸部で働き、頭も良く真面目に働いたため、一介の転轍手から業務配置係長に昇進し、のちに日本人の嫁をもらった。ところがプロレタリア文化大革命が始まると「地主、スパイ」などのレッテルを貼られ、非難の的となった。毎日、板で作った大きな看板を首に掛けられ、頭を下げて外で体罰を受ける。それを「人民に謝罪する」という。真冬に炭鉱の各労働現場を回らされて、闘争（糾弾）の対象にされた。彼はすでに六十歳を過ぎていた。冬のある日、「大衆的な激しいつるしあげ」の最中に壇の上から蹴り落とされて、左の足を骨折してしまった。それでも、どこか近くの病院で簡単な手当てをしただけで、そのまま闘争を続けられたという。

運輸部は撫順の石炭、貨物、旅客の全部を担当するので、職場や駅などが撫順市全領域に散らばっている。趙おじさんの「つるしあげ」をするため、一つの職場から次の職場へ移動するのに、トラックで行かなければならなかった。真冬のことで、手足が凍りついて棒のようになる。趙おじさんは年を取っていたし、足も骨折して不自由なためトラックに上がれない。そんな時「労働者専政隊」の人たちは、彼の手足を摑んでトラックに投げ込む。父は、豚のように車に投げ込まれた趙おじさんの姿を目にしたことを、いつも家族に嘆いていた。

その時代には、少しでも歴史上または現在の共産党に反する言動があったと疑われれば、趙おじさんのようにひどい目に合うのだった。外国人、それもかつて中国を侵略、支配した敵国の人間だった曽おばさんは大丈夫だっただろうか。それが私は気がかりであった。

プロレタリア文化大革命が始まってまもなく、毛沢東思想をよく学ぶ「積極分子」を選び、その学習成果を宣伝するキャンペーンが行われた。全国各省・市および人民公社、生産大隊など、どこでもそういう積極分子選びや宣伝キャンペーンが行われていた。それによって、毛沢東崇拝を頂点にまで推し進めたのだった。蓮島湾村でも闘争会、学習会、講演会、「憶苦思甜会（昔の苦しみを思い出し、今日の幸福を考える会）」などのさまざまな会議が、毎日のように開かれた。積極的に会議に出ないと思想反動と見られるから、皆やむを得ず出席していた。

続いて、労働模範であるとともに毛沢東著作をよく学習した「積極分子」を選ぶ運動が展開された。この村は以前から毎年労働模範を選出していたが、それまでの労働模範は単によく働く者というだけでよく、選ばれた人は文盲で素朴な農民が多かった。だが今度は条件が変わった。毛沢東の本をよく勉強する人こそ、真の労働模範になれるというのだった。だからこんど模範になる人には、ある程度の文化水準が要求されることになる。少なくとも字が読めなければならない。それは何よりも、後の宣伝キャンペーンとの呼びかけに必要だったからだ。こうしてプロレタリア文化大革命が始まって以来、蓮島湾村で初めての「毛沢東著作学習積極分子・労働模範」選出大会が開かれた。

会議は数時間かかったが、男の積極分子・労働模範の選出はともかく、女の労働模範の選出は、かなり難航したようだった。真面目に一生懸命に人民公社の仕事をする素晴らしい女性がいないわけではないが、字が読める女性がいないのだった。村の中学校を出ている若い娘たちはいるが、いずれも労働年数が少なく、定められた条件に合わなかった。上部からは男二女一の比率で選出するように指示されたので、どうしても婦人代表を一人選出しなければ、新しくできた指導部の能力が問われる。みんな頭を絞って考えに考えたが、適当な人に思い当たらなかった。

するど誰かが第二生産小隊の〝老李太太〟の名前をあげた。字が少し読めるからと言う。それを耳にした司会者の大隊革命委員会の李副主任はカンカンに怒って、「誰が言ったのだ。冗談なんか言っている場合じゃない。〝老李太太〟があんな経歴を持ち、野良仕事もあまりやらないのに、どうして労働模範になれるか」と怒鳴る。そこでリュウさんが立ち上がり、「それなら、曽秀英さんはどうですか。日本の高等女学校を卒業していて、蓮島湾に入った日から一生懸命に働いてきました」と言うや否や、会場には「へっ」という驚きの声が上がり、ざわめきが走った。

別の女性が立ち上がり、「曽秀英さんの働きぶりは認めるが、彼女は日本人でしょう。日本人が中国の労働模範・毛沢東著作学習積極分子に選ばれるのはヘンじゃない？」と異議を申し立てた。リュウさんは「何で彼女を日本人だというの。彼女は人民政府ができてからすぐ中国国籍に入ったのよ。その後は蓮島湾を一歩も離れたことがなく、日本にいる親族ともずっと連絡がないのだから、彼女は中国人よりも中国人でしょう」と反論した。

会場からは「そうだ」と同調する声が上がり始めた。司会者の李副主任は、まさに苦境から逃れる道が見つかったので、すぐに自分の意見を言った。

「曽秀英さんが日本人だったことは皆知っている。しかし偉大な指導者毛主席いわく」

李副主任はここまで言うと立ち上がり、赤いビニール表装のミニ毛主席語録を胸に当て、目を会場

の中心にある毛沢東の像に向けて、

「世間の事物のすべては絶えず発展し、変化しつつあるものである」

と大声で言って会場全体を見回した。

「曽秀英の場合もそうです。彼女はもともと日本人であるが、中国国籍に入ると事物に変化が起こってしまうのだ。すなわち彼女は日本人でなくなり、中国人日本族に生まれ変わったのだ。中国では彼女のような少数民族がいっぱいいる。新疆にはソ連族が、南方にはタイ族が、北方にはモンゴル族がいる。みんな同じだ。曽秀英同志は日本族であるからこそ、毛沢東思想の指導の下で、日本帝国主義国家の一員から素晴らしい中国人に生まれ変わった。これこそまさに毛沢東思想は世界的に正しく当てはまる真理であることを証明したものだ」

会場は静まり返った。誰もが、この三十代の、村の小学校に三年だけ通ってやめた天才的な若い造反派指導者の理の通った発言に感心した。

「それでは大衆票決にしよう。曽秀英同志を労働模範に推すことに賛成する人は手を挙げて……」

李副主任の話が終わらないうちに、サーッと満場の手が一斉に挙がった。

こうして曽秀英さんは、初めて蓮島湾生産大隊の女性代表として労働模範に選ばれた。彼女には思いもかけない出来事だった。

その夜遅く、李副主任は曽秀英さんの自宅を訪れた。報告会の原稿の用意を頼みにきたのだった。

報告会というのは、村人に毛沢東の著作を学習した時の経験を語ることで、彼女にそのスピーチの原稿を用意させなければならなかった。李副主任の説明によると、あまり日がないので、まず概要を書き上げ、上部の「河北人民公社革命委員会」の宣伝部に送り、チェックしてもらってから村で開催する毛沢東著作学習報告会の席上で読み上げるのだった。

突然のことで、どのように書けばいいのか、中国の事情もよく分からないし、毛沢東の著作もほとんど読んでいない曽おばさんは、困惑しきってしまった。

李副主任は原稿の書き方を説明した。「報告というよりも、経験談ということだ。今までにどのような間違った考えや行動を、どのように毛沢東の教えで直したかということだ。そう考えれば、とても簡単だろう」とヒントを与えた。

「間違ったこと？　考え方？」

曽秀英さんはつぶやいた。しばらくして「どうも思いつきません」と困った表情で訴えた。

「間違ったことがない？　毛主席は、こう教えているだろう。『どの人にもあれこれの間違いが存在するが、それは恐れるべきことではない。恐れるべきなのは自分に間違いがありながら、認識しない、直さないことである』。よく考えなさい。絶対ある」と、李副主任は曽おばさんに迫った。

曽おばさんは蓮島湾に入った日からの自分の言動を一つ一つ思い出し、チェックした。

「蓮島湾に来てからずっと日本に帰りたかった。ずっと貧しい生活をしていて、子供に冬の綿入れ靴を買うため、山に行って茸を採って売りました。それ以外は生産隊の仕事ばかりやっていて、間違いと思うことはありません」と曽おばさんは言った。

「それで十分だ。ところで、なぜ日本に帰りたかったのか、なぜ山に茸を採りに行ったのだろう。それはみな資本主義の思想と行動だろう。そこからどのように毛沢東の著作、語録を勉強して、間違いを直したかを書けば立派な原稿ができ上がるだろう」。李副主任は興奮した口調で「少し書いてごらん。明日取りに来るから」と言って帰った。明日といっても数時間後のことだから、曽秀英さんはすぐ娘の原稿用紙を手に、台所で書き始めた。

彼女は村に入ったその日から書き出し、子供との死別、自殺、村を逃げ出したこと、そして山に茸を採りに行ったことなどをいろいろと書いた。いくら書いても終わらないようで、昼ごろに李副主任が来た時には、原稿用紙一冊分も書き上げていた。それを見て李副主任はびっくりした。さすがに日本の高等女学校を卒業した人だ、小説家のようなすごい分量だ。漢字をほとんど読めない李副主任は、ちょっと開いてみて、きちんと書かれているらしいと思い、親指を立てると「好《ハオ》！（よし）」と言った。そして、すぐ人民公社の宣伝部に届けに出かけた。

一日おいて李副主任は、またやってきた。今度は前の嬉しそうな様子ではなく、眉根に皺をよせていた。

「昨日公社の指導者から本部に呼ばれて、あんたの原稿を翻訳して来るようにと言われた。私は中国語でもろくに読めないのに、どうして日本語を読めるのか。冗談じゃないよ。中国語のスピーチだから日本語で書いたって、どうしようもないんだよ」

「日本語で書いたのではないけど、あるところでは、どうしても適当な中国語が分からないので、日本語で書いちゃったんです」と曽おばさんは応じた。

「そんな時は娘さんに聞けばいいじゃないか。今度はもっと短くしてあんたは口で述べ、それを娘さんに書き取らせたらどうだろう。今週の日曜日に報告会を大隊本部で開く。人民公社の指導者も聞いてくれるから、頑張りなさい」

「毛主席万歳」

曽おばさんは、皆の前で作り話や嘘のような経験談をしたいわけではなかった。しかしこれは政治運動だから、自分のためでなくても娘たちのために闘わなければならないと覚悟した。いまこそ頑張らないと、これから娘たちが共産党や共産主義青年団に加入する時に役に立てないだろう。彼女は歯を食いしばって頑張った。

彼女は二人の娘の協力を得て、まず原稿を書き、次に講演のリハーサルをした。出場する時、右手に毛主席の語録を高く持ち、胸の中心部から右側の頭上まで繰り返し振り、歩きながら「毛主席万歳」と叫ぶこと。講壇に上がる時に絶対忘れてはいけないことは、振り返って毛主席の像に礼をしてから会場の人々に礼をすることなどを教えられた。曽おばさんは、これを自分の人生の中で一番重要な試練として、真剣に受けとめた。そして食事を作る時にも、便所に行く時にも繰り返し繰り返し練習した。

とうとうその日曜日がきた。大隊本部の大会議室には人が溢れていた。この会議室は廐が改築されたものでとても細長く、土と煉瓦が半々でできたものだった。大隊革命委員会の指導部は村民全員に参加するよう呼びかけた。人々は会場に入りきれず子供たちは窓辺に立ち、会場には風さえも通らなかった。会場の前面には「第一回蓮島湾大隊学習毛主席著作積極分子報告大会」と大きな字で書いた横幕が張られている。演壇の中央には毛沢東の肖像が、両側には赤旗が飾られている。一番前の席に河北人民公社の指導者と大隊の李副主任が座っている。

すでに二人の男性が報告し終わったところで、司会を担当する中学生の若い娘さんは、甲高く鋭い声で紹介を始めた。

「同志の皆さん、皆ご存じでしょう。二十年も前に、一人の外国人が子供を連れて蓮島湾に逃げてきた。長年、資本主義、軍国主義の教育を受けてきたので、彼女は社会主義大家庭に入っても資本主義の国に帰りたかった。金持ちになりたかったのだ。頭に資本主義の害毒を残していたのだ。プロレタリア文化大革命の春風が彼女の心を吹き抜け、毛主席著作の勉強によって、新しい人間に生まれ変わったのだ。次はその第二生産隊の曽秀英さんの報告です」

会場には一斉に拍手が響き渡った。曽秀英さんは赤い毛主席の語録を高く挙げて振りながら「毛主席万歳！　毛主席万歳！」と叫んで登場した。舞台の真ん中に来ると、聴衆に深い礼をして、スピーチを始めようとした。その時、下に座っている娘が一生懸命に合図をしていた。途端に彼女は肝心なこと――「後ろの毛沢東の像に礼をすること」を忘れたことに気が付き、慌てて後ろを向いて礼をした。会場にはワーッと笑い声が広がった。彼女は気持ちを落ち着かせてから話を始めた。

「各位社員同志。大家都知道。オレ地是日本人。オレ地和日本兵隊来到黒龍江省。後来、オレ地来了蓮島湾。来了蓮島湾大家オレ廷好。オレ還一個心地想回国。後来オレ地孩子和主人都死了（社員同志の皆さん。皆ご存じでしょう、私は日本人です。私は日本の軍隊と一緒に黒龍江省に来ました。その後蓮島湾に逃げて来ました。皆さんは私にとても親切でしたが、しかし私はいつも国に帰りたかったのです。子供と夫は相次いで死んでしまいました）」

ここまで話すと彼女は涙ぐみ、声も震えた。

「後来、オレト曽青風ト結婚個了。家里還是窮呀。小女児冬天没有綿靴、脚凍壊了。後来オレ背着大家上山採木耳去了（その後、私は曽青風と再婚しました。しかし家は依然として貧しかったのでした。下の娘は冬に綿入れ靴がないため、足の病気になりました。そのため私は皆さんと離れて、一人で山に茸を採りに行きました）」

ここまで言うと、彼女は頭を演卓に伏せて啜り上げ、とうとう声を出して泣いた。

会場は静まり返った。彼女のこれまでの生活を知っている年寄りたちは、目頭を押さえる人が多かったが、若い人たちは当惑顔で見ていた。

その時、李副主任が立ち上がり、拳を挙げて「不忘階級苦、牢記血涙讐！（階級圧迫の苦を忘れず、血と涙の仇を覚えよう！）」と叫んで、会場全員が唱和した。もう一人が立ち上がり、「世界人民大団結万歳！」と叫んだ。さらに「日本帝国主義打倒！」などなど、さまざまなスローガンを叫んだ。

このようにスローガンを叫ぶことは当時の「憶苦思甜会」「闘争会」「報告会」などでしばしば行われ、欠かせないパフォーマンスとなっていた。曽おばさんが演壇の上で泣き出すと、みんなは彼女自身が犯した誤りに反省の気持ちが強い証拠と受け止めたようだ。しかし彼女が泣いたのは、自分の不甲斐なさで娘に一生の傷痕を残してしまったことに心が痛んだからだった。

その時、壇の下に座っていた監督役の二人の娘は、心配でいても立ってもいられなかった。そのまま中途半端に泣いて終わったら、政府や共産党批判と見られる可能性がある。そう言われたら大変なことになる。もう少し毛主席や共産党を褒め讃える言葉を述べると、いいスピーチになる。

下の娘は座っていられなくなり、急いで席を立って演壇の前に行き、「お母さん、早く立ち上がって、自己批判をして、毛主席の語録を暗唱しなさい！」と早口で警告した。曽秀英さんは夢の中から呼び起こされたように、慌てて頭を上げて話を続けようとした。しかしどこまで話したのか分からなくなり、用意した中国語の原稿も読めなくなった。そして目茶苦茶に中国語と日本語半々ぐらいで話を続けた。大体の意味は次のようだった。

「その時自分が間違ったことに気付き、大変苦しみました。そして毛主席の語録を勉強しました。毛主席は『人が間違いを犯すことは恐れることではない。恐れるべきなのは、自分が間違いを犯してもその間違いを認識せず気が付かないことだ』とおっしゃっています。その後自分の間違いを認めて進んで直して、生産隊の仕事を真面目にやりました。これはすべて毛主席の教えのおかげです。毛主席万歳！　共産党万歳！」

彼女はもはや何をしゃべったらいいのか分からなくなり、スローガンでごまかして終わり、そのまま退場した。

会場からわき上がる拍手の音が聞こえた。誰もが彼女のスピーチは素晴らしいと褒め讃えた。「真実生動（生き生きとしている）」が評価されたのだった。

李副主任は人民公社の指導者に「どうですか。今日彼女は少し緊張したようだが、用意した原稿はもっと素晴らしいですよ」と言った。「とにかく聴衆の反響はいいね。今までこんなに盛り上がった場面を見たことはないよ」と公社の指導者は一応肯定の評価を下した。李副主任の顔に喜びが広がった。

その日から静かだった曽秀英さんの生活は一変した。一躍、村の有名人になったので、訪ねて来る人が後を絶たなかった。

その後まもなく、公社のマイクロバスが曽秀英さんの家の前に止まった。「河北公社の毛沢東著作学習積極分子報告団」の一員として迎えにきたのだ。村人たちは車を何重にも取り囲んで、彼女を見送った。

河北人民公社は、十数ヵ村を管轄している。毛主席著作の学習運動を一層広げるために、公社の指導者たちは各村からすぐれた積極分子を選んで「巡回報告団」を作り、村々を回って報告会を開こうという決議をした。

蓮島湾の報告会に出席した公社の指導者は、公社ナンバーワンの責任者・馬主任だった。馬主任の指名で曽秀英さんは「巡回報告団」に加わった。その後、毎日、公社からマイクロバスが彼女を迎えたり、送ったりしてきて、村人にとっては目を見張るほどの偉い人になった。

村の党書記長や大隊長でさえも、外へ出かける時はトラクターや自転車などを利用する他はないのに、マイクロバスで村に出入りするなどは、本当に並大抵の出来事ではなかった。

また当時は食料品、日用品のほとんどすべてが配給制で不足がちだったが、曽秀英さんたちの報告団は、どの村に入っても肉や米など、食べ放題だった。

しかしこのような優遇は長くは続かなかった。一ヵ月も経たないうちにクビになった。理由は簡単だった。他の村での報告会は、蓮島湾ほど反響が得られず、おまけに彼女の中国語は、いくら一生懸命に聞いても分からないところが多かったからだ。それは当然で、蓮島湾の人々は彼女の言葉に慣れていたし、彼女の不幸な境遇をよく知っていたからだ。

しかし下の娘は、母親の原稿書きの手伝いで、その才能を大隊の李副主任に発見され、第二生産小隊の出納係に推薦された。上の娘は共産党予備軍と呼ばれる共産主義青年団へ参加できた。

毎日訪れる人の中には、上の娘の芳栄さんに縁談をもって来る人もいた。相手は市内に住む　李さんという青年だという。

芳栄さんは一目で気に入ったようだった。しかし曽おじさんは、反対した。中学校を卒業して、家に何の手助けもしないですぐ嫁にいってしまったら、うちとしては何も得ることがない、と全く話に乗らなかった。だが曽おばさんは、こう主張した。

「結婚は子供の一生のことだから、まず子供の意思を尊重すべきだ。相手は市内在住の人だから、村の人と結婚して生涯、田舎で野良仕事をするよりましだ。もう二十一歳になるのだから好きなようにしなさい」

と、夫の反対を受けながらも、結局、曽おばさんは芳栄さんを市内に嫁がせた。

第7章 故郷は外国に変わった

初めての一時帰国

曽おばさんが日本に一時、帰国できたのは、私が中学三年の時、一九七五年のことだった。彼女の帰国中に私は一度、蓮島湾に曽おじさんを訪ねた。妻の帰国中、下の娘は清原県にある林業学校で勉強しているので、一人で何もできない曽おじさんはどうしているかと気になって見に行ったのだ。

村に入ったら、見知らぬ村人が驚いたように「学生さん、また来たの。曽おばさんは日本に帰ったよ。もう帰って来ないよ」と私に言った。私はひどく寂しい気持ちに襲われた。

遠くから見える曽おばさんの家に活気はなかった。以前なら、もうすぐ冬に入るこの季節は家の窓際に赤いトウガラシや黄色いトウモロコシがいっぱい下げられて彩りを添えているはずだが、今はそんな様子もなく、埃の積もっている障子が灰色に見える。中に入ると、曽おじさんはオンドルの上に腰を掛けてタバコを吸っていた。私の突然の来訪に驚いた彼は目を見張ったまま、しばらく言葉が出なかった。幾日も食わず、顔も洗わないように見え、痩せて汚れ切っている。何かの映画で見た山の洞窟に長く閉じこもっていた老人のように見える。私が来たのを窓から見たのだろう、すぐ後から隣のリュウさんが入って来た。

「忠義さん、わざわざ来たの。このおじさんは本当に大変よ！　ご飯が炊けないいし、おかずも作れないの。私は時々暇を見て食事をこしらえてやるけれど、曽おばさんが早く帰らないと、このおじさんは飢え死にするだけだよ。若い時おばさんに優しくしてあげなかったのを、いま反省してるでしょう」

と、曽おじさんの前で厳しく言った。曽おじさんはただ頭を垂れて黙って聞いていた。

曽おばさんが日本から戻って来たと聞いたのは、一九七六年の旧正月の少し前のことだ。会いたいので早速、蓮島湾に向かった。日本から戻ってきた曽おばさんに精神的、物質的にどんな変化があるのかという興味も強かった。その頃曽おばさんたちは、私の姉が前に住んでいた部屋を買い、台所にしていた。部屋は幾分広くなった感じだった。部屋に入った私の目に、明らかに日本から持ち帰ったものと見えるものが三つあった。オンドルの上に置いてあるミシンと、曽おじさんが齧り付いて歴史小説の放送を聞いている弁当箱ぐらいのトランジスタラジオ、そして台所に置いてあるサラダ油である。曽おばさんの話では、他に自転車や着物などを持ち帰ったが、みんな上の娘さんの芳栄一家にあげたという。

曽おばさんは長い貧しい生活から、やっと一息ついた様子だった。

私は、彼女が日夜帰りたいと思い続けた日本のことをいろいろ聞きたかったが、おばさんの答えは意外だった。

「羽田空港に着いたら、何だか自分の国に帰ったような気がしなかった。どこか遠い外国に来たようで、毎日夢見ていた故郷とはあまりにも違い過ぎて心が冷えて、懐かしさがなくなった」

これが私にとって忘れられない、故郷から戻ってきた曽おばさんの最初の言葉だった。

「羽田空港に村の役所の人や弟、姉の子供たちが迎えにきた。涙ばかり流していて、話ができなかった。羽田空港から長野県のM村には、乗用車で行った。途中で高速道路に上がったり、トンネルに潜ったりして、三十年の間に祖国は素晴らしく変わったと思った。

故郷のM村で車を降りたら、大勢の人たちが迎えに出ている。新聞記者、村長、近所の人々、その中から年とった父の姿が現れた。どうしても声が出せない。目が涙で曇り、父の懐に埋もれて泣いた。弟はその場の人々を一人ひとり紹介してくれたが、とても覚え切れなかった。実家の玄関に近付いたら、門の後ろから姉と妹二人が飛んできた。抱き合って泣くばかりだった。父は『こんなお目出たい日に泣くことはない。早く中に入れ！』と言った。

広間には酒とご馳走がいっぱい並んでいる。みんなが座ると、村長が歓迎の挨拶をした。弟が私の代わりにお礼の挨拶を述べ、皆が盃を上げて私のために乾杯した。私は夢を見ているようにただぼんやりと座っていた。

次の日、母のお墓参りに行った。母は死ぬまで私のことを言っていたと姉たちが語ってくれた。私は母の墓の前に膝をついて、深く頭を下げた。涙が滝のように流れた。いくらお詫びしてもお詫びしきれないと思って、自分を責めた。姉妹たちは、泣いても仕方がない。それは運命だからといって抱き起こしてくれた。

家に帰ると母の妹が来ていた。一瞬、母かと思った。叔母さんの手を掴み、また母のことを思い出して、声を上げて泣いた。叔母さんは泣け、泣け、気が晴れるまで泣いてと言ってくれた。ありがとう、叔母さん！　私は本当に自分の母に会ったような気がした。その夜は叔母さんと一緒に寝た。本当に長い間の苦労や疲れが全部、体の中から消えていったかのようによく眠った」。

私は、一緒に逃避行をした他の人の様子を曽おばさんに聞いた。やはり多くの人が死んだという。Kさんは奉天で亡くなった。曽おばさんは逃避行の途中、飛行機から投下された不発弾に足をやられ、曲げられないほどに腫れ上がったことがあった。その時Kさんが、曽おばさん親子を荷車に乗せ、冷たい水に浸したタオルを持って来て腫れたところに当て、面倒を見てくれたという話を、以前から聞いていた。

「生きていたらどうしてもお礼を言わなければならない人であるのに、遠い昔に故人となっていた」と、曽おばさんは残念そうに言った。一緒に撫順まできた春子さんも、子供と一緒に収容所で死んだ。村の開拓団の人で、子供を連れ帰ることができた人は一人もいなかった。

私は、恐る恐る元の曽おばさんの夫のことを聞いた。彼女は急に気が重そうな困った表情を見せた。

「M村についてから三、四日経った頃、中国からの引き揚げ者たちが集まって、長野市に行くことになった。駅の前で弟が沢山の人々を紹介してくれたが、知らない人が多かった。その時突然『お義姉さん、お義姉さん』と呼ぶ人がいる。誰かと思って振り向いてみたら、前の夫の弟だった。小さい頃の面影を思い出しながら、しげしげと眺めた。やっぱりものすごく歳を取っていたね。前夫の弟は、私の弟に、『忙しいなら帰っていいよ、後は私がお義姉さんの面倒を見るから』と言って私の費用を全部出してくれた。

大勢の人の中から前の夫が現れた。若い時の面影はあまりなかったけれど、背の高いのは同じだった。でも腰が少し曲がったように見えた。完全におじいさんの姿になっていたけれど、私は一目で分かった。彼は恥ずかしいのか怖いのか、意味の分からない、はっきりしないことを一言、言ったきり、大勢の人波の中に姿を消した。これが三十年ぶりの夫との再会だった」

曽おばさんはここまで言うと、目頭を手で押さえた。

「こんな貧しくみすぼらしい中国の田舎のおばさんが突然帰ってきたのだから、あの人には戸惑いしかなかったのだろうよ。それは戦争だの、時代のせいだから仕方がないよ。

その後、一緒に撫順まで連れていってくれたり、中国人の夫を紹介してくれたりしたYさんがやってきて、静かに深く頭を下げた。何かを詫びるように、長く深く頭を下げた。Yさんは私の元の夫が新しい嫁をもらう時に、私が撫順で死んだと証言したと、他の人から聞いた。それもこれも、すべて過ぎ去ったことだ、忘れてしまおう。彼女の息子や嫁も全部撫順で死んだのだから同じ運命の持ち主なのだ。理解してあげなければ、と思って、私が彼女を抱き起こして『いろいろ世話になりました。ありがとう！』と言った途端に、彼女は大声で泣き出した。

みんなで長野市にある第六次南五道崗開拓団で亡くなった人のために建てた記念碑に行った。私の名前もその碑の上に刻まれていたそうだが、生きているとの連絡があって消したという。

善光寺を見学した後、前の夫の弟に誘われて、一軒の喫茶店に入った。わざわざ私と前の夫とを会わせるチャンスを作ってくれたようで、私たちが席に座ると、夫もすぐ後ろのドアから入ってきた。私は何を言ったらいいのか分からなくなり、向こうも黙ったまま座った。仕方なく私が『苦労したね、とでも言ってはくれないの』と言ったら、『いろいろ言ったじゃないか。聞こえなかったんだろう』と言って、怒ったように出て行ってしまった。

私は自分の言葉を後悔した。中国に住み慣れたためか、ものを率直に言うようになった。実は日本に帰る前から、前の夫が妻子を持っていることも知っていたし、別に邪魔するつもりもない。友達の気持ちで、昔のことを気持ちよく話したいだけだった。でも、そんな機会にも恵まれなかった。彼の弟は私を慰めるように、『兄は、引き揚げ船の一番最後まで義姉さんとテツ坊を待っていた。そして三年たって義姉さんのお父さんの了解を得て、今の奥さんと結婚した』と説明してくれた。人間って本当に寂しいものだね」

そう言って、曽おばさんは深くため息をついた。

葛藤

一九七三年の夏頃、彼女は実家と連絡を取り、里帰りの希望を申し出たが、手続きのため二年も待たねばならなかった。私は後に曽おばさんの実家を訪れた際に、その時の事情を聞いた。

弟さんの話では、姉が生存しているとの情報を受けると、すぐに手続きを始めた。しかしそれは簡単にできることではなかった。すでに戸籍も抹消されていたので、それを回復するためには元の夫の証明がいる。元の夫は、その証人として名乗り出ることを拒否した。けれども彼の証明がないと、どうしても手続きができないのだった。こうして一ヵ月、半年、一年経ったが、元の夫の態度は変わらなかったので、仕方なく最後に、彼の弟に頼んで書類にサインしてもらった。そのため、長い時間がかかったのだという。

「なぜ元のご主人はそんなに事実を認めたくないでしょうか」と私が尋ねると、

「分からないね、やはりお金のことだろう。私が中国で死んだということで、政府から多少のお金をもらったらしい。帰ってきて、そのお金のことを聞かれたら困るでしょう。そういうことらしいよ」と曽おばさんは言った。

私は何ともいえない悲しい気持ちになった。

曽おばさんはただ三十年ぶりに肉親に会いたい、故郷を見たいというだけなのに、金銭のことが帰国を阻むというなら、本当に残念だ。彼女の中国での三十年もの間の苦労や悩みは、いくらお金を積まれても補われるものかと私は思った。

一方、蓮島湾での曽おばさんの生活ぶりを見守ってきた村人たちは、彼女が豊かな故郷に帰ったのに、わずか数カ月で戻ってきてしまったことが理解できなかった。

「やっ、どうしてまた戻って来たの。あっちに住み付いたらいいじゃない。こんな貧しい田舎に何か懐かしいところでもあるの?」とひどいことを言う人もいる。そんな時、彼女は何と答えて良いのか分からなかった。

当時は、中国の文化大革命の末期だった。物不足で国民の生活は苦難のどん底に陥っていたので、それと比べれば隣の日本はまさに「天国」のように思えた。ろくに食べることもできない苦境からひとたび抜け出して、自分の生まれ育った豊かな祖国に帰った人がまた戻って来るなんて、考えられないことだっただろう。曽おばさんの心の中には、人に言えない苦しい葛藤があった。

その頃の撫順では、食料も衣料も何もかも配給制で、食用油などは雀の涙ほどしかなかった。だから油を使う時には大事に大事にしていたが、日本の実家では、妹たちは揚げ物をした油を、まだ二、三回は使えるのに、あっさりと捨ててしまう。そんな時に曽おばさんは思わず「もったいない」と悲鳴を上げてしまい、妹や嫁と気まずくなってしまった。また彼女は毎日、忙しい弟の工場の手伝いを申し出た。すると月末に、弟は細かく時間を計算して給料をくれた。あまり合理的すぎて違和感を感じた。中国の田舎では、そんなやり方はしなかった。

年末近くなると、姉や妹たちは「どこよりも自分の家が一番良いね。お姉さんも中国に帰らないと、娘さんたちが同じ道を辿るよ」などと言い始めた。

その後、私が受け取った曽おばさんの手紙には、中国に帰る時の気持ちがこう書いてあった。

「年が変わろうとする頃、娘の恵栄から手紙が来た。学校が冬休みになったので、田舎に帰る。お母さんと一緒に新年を過ごしたいと書いてあった。私も子供が恋しくなり、考えた末、中国に帰ることにした。……北京に向かう飛行機が羽田空港を飛び立ち、下に見える東京の街を眺めながら、考えた。私は子供ゆえに祖国へ帰らず、また子供のために祖国を後にしなければならないのだ。肉親の人たち、笑ってくれ、意気地なしと思ってくれ、私は自分で歩んできた孤独で寂しい道や、苦しい思い出を子供に与えないよう、この道を選んだ。そんな思いをするのは自分一人で沢山だから。娘たちは、その時代その時代に従い、貧しい中でも強く生きてきた。子供のところへ帰ろう、みじめな母でも子供たちにはきっと力になるだろう、娘たちは喜んで迎えてくれるだろう……」

『北国の春』

一九八七年四月、私は日本へ留学した。一介の炭鉱労働者の息子が、残留日本人の曽おばさんに日本語を習い、大学に入学し、そして今、こうして日本にいる。——少し前までは夢にも考えられないことだった。

大学を卒業して撫順の中国銀行に勤めるようになっても、私はさらに勉強を続けたかった。両親は、大学まで卒業したのに、どこまで勉強すれば気がすむのかと、理解に苦しんでいた。しかし、曽おばさんのところへ行って話したら、おばさんは分かってくれた。

当時、中国政府の教育部が相次いで私費留学についての条例を公布し、外国に親戚や友人がいる人には出国許可を出す、ということになった。曽おばさんは、神奈川県川崎市に妹がいるので保証人の依頼をしてみようと言って、手紙を出してくれたが、やはりだめだった。

私が日本に留学できたのは、撫順で望月さん母娘と偶然出会ったことに始まる。望月さん母娘は日本の敗戦当時、撫順の難民収容所に収容され、娘さんの一人は、私の小学校に近い古城子《グチエンジ》で亡くなっていた。彼女たちは日本へ帰ってからも、撫順での思い出を書き送ってくれたし、私も曽おばさんのことなどを書いたりして、二年間も文通が続いた。そして、私の日本留学の夢を知り、娘さんのご主人が保証人となって、私を日本に呼んでくれたのだ。

望月さんは私を自宅に住まわせ、入学手続きからアルバイトの世話までしてくれた。あまり迷惑をかけてはいけないと思い、一ヵ月後に三畳のアパートを探して、一人暮らしを始めた。朝八時に家を出て日本語学校に行き、午後二時か三時ごろに帰って望月さんの印刷所を手伝う。夜六時から十時までは弁当屋で働く。そんな日々が二年間続いた。

夏のある日、学校に行く途中で目まいがして、倒れた。体中から力が抜けていくようだった。頼る人もなく、二日間寝込んだ。病気と聞いて望月さんが飛んできてくれた時は、本当に生き返ったような気持ちだった。

こんなことを続けながらも、私は決して苦しいとは思わなかった。これは人生への私の挑戦なのだから。三畳のアパートは狭いけれど、自分の勉強部屋のなかった中国での暮らしよりましだった。私は生まれてからずっと両親と一部屋に住み、自分の部屋はなかった。銀行に入ってから、自宅で大学院の受験準備をするのは両親に迷惑だからと、私は一年間、銀行の事務室の机の上に布団を敷いて泊まり込み、勉強を続けた。東京では、主食は米やパンなどだが、二十数年間の中国での生活では、これは贅沢なことだった。

プロレタリア文化大革命の最中だった中学生の頃、兄も姉も農村に下放され、わが家は生活に追われて、母は市内の建築会社で働くようになった。母が朝早く出かけ、夜遅く帰って来るので、私が食事を作ることになる。しかし父母と私の三人分を合わせても、月に缶コーヒーの三杯分ほどの油しかない。夏なら、何時間も行列すれば、キュウリやトマトのような野菜を手に入れることができたが、冬は白菜や馬鈴薯しかないので、どうやって食事を作ったらいいのか、途方に暮れたものだった。夜、疲れて帰って来る母に、粗末な食事を出すのはつらかった。

それに比べれば、日本での苦労は何ほどのこともない。苦しい時は、いつも曽おばさんの人生を思い出す。その頃私は一つの夢を持って、曽おばさんと文通していた。私は曽おばさんに、十年ぶりに再び祖国の地を踏めるようにしてあげたかったのだ。いくら忙しくても、おばさんに手紙を書く時間だけはとっておいた。

日本は物が豊かで、生活は便利だったが、人と人との付き合いは少ないように感じられた。特に私が外国人留学生だったせいか、寂しい思いをすることが多かった。一年後、私は上智大学の大学院に入学し、時間的にも精神的にも少し余裕ができたので、曽おばさんの帰国の道を具体的に探ろうと思った。

ボランティア

その年の夏休み、撫順に帰省する直前に、私は曽おばさんの生家のある長野県M村を訪れた。新宿から三、四時間バスに乗り、看板が一枚立っているだけの停留所に降り立つと、曽おばさんの弟の芳哉さんが待っていてくれた。面長の小柄な人だった。目の前に広がるM村は、ごく普通の日本の農村だったが、十五年前初めて見せてもらった曽おばさんの実家のカラー写真は、色が綺麗でおとぎの国のように見えたものだ。

北に光を遮るように高い山が聳え立ち、その頂上は雪で銀色にきらきら光っている。南に遠く延びている低い丘陵は青く茂った森だった。M村は東北に細長く伸びる谷間のようなところで、人家や畑は山から南に傾斜する裾野にあり、南端に天竜川が流れている。耕作可能な土地は北側にかぎられているので、昔はどんなに貧しかったか容易に推測できる。今はあちこちに工場の看板が立てられ、工業化が進んでいるように見える。

私はそこに一晩泊まり、曽おばさんの中国での暮らしや、私の東京での生活ぶりを話した。翌日帰る前に、私は「曽おばさんをもう一度呼びたい」と言ったが、「いや、それはどうかなあ。俺たちはみんな歳を取って、これからは子供の時代だから難しいよ」と芳哉さんは言う。家を出る前に芳哉さんの奥さんは再三、「中国に帰って曽おばさんに会っても、ここでの楽しいことは話さないでよ。また来たがるから」と言い、「約束だよ」と念を押した。

撫順への帰省も短期間で、あいにく曽おばさんは病気で寝込んでいるとのことだった。彼女たち夫婦は、結婚した下の娘の恵栄さんのところへ移り、恵栄夫妻が面倒を見ていた。私の心の中で元気なうちにぜひもう一度、祖国を見せてあげたいという気持ちが強くなった。

一九八九年十一月のある日、私はテレビで嬉しいニュースを見た。ある民間団体が中国残留婦人二十数人を日本に迎え入れたのだ。成田空港で涙を流しながら記者団のインタビューを受けている婦人が、みんな曽おばさんに見えた。私はこのニュースを中国にいる曽おばさんに知らせるとともに、残留婦人を応援する団体「春陽会」と連絡をとった。私はまず記事が載っていた読売新聞社会部に電話をいれ、事情を説明した後、春陽会の電話番号を教えてもらった。数日間に渡って電話をかけて、やっと電話に出たのが国友忠会長だった。

「私は中国人留学生で、中国にいる時、ある残留婦人に世話になった。今回テレビで春陽会のことを知り、どうしても何か力になってあげたいので、いま一時帰国している残留婦人たちに会わせてほしい」と申し出ると、国友会長は「それはありがたいことだが、今のところお手伝いしてもらうことは特にない。会いたければ、皆さんが帰国する前日、上野にある法華クラブというホテルに来ればいい」と言ってくれた。

その日の午後、私は上野の法華クラブに駆けつけた。二十数人の残留婦人たちは、フロントの前に集まって、成田空港への出発準備に忙しい。玄関のところで、四、五人の年配の男性が、バスに荷物を運んでいる。春陽会の人と確かめて、私も手伝った。荷物は段ボールやビニール袋、紙袋が多かった。残留婦人の他に、ボランティアの人たちと、見送り人らしい七十歳くらいの婦人が一人いた。成田空港に出発する直前に国友会長に会うことができたが、会長も七十代の人だった。

二台のバスで成田に向かった。残留婦人は前の一台に乗り、春陽会のメンバーや、ただ一人の見送り人らしい婦人などは後ろのバスに乗った。その人は、私の隣の席に腰を下ろしたので、私は聞いてみた。

「すみません、春陽会の方ですか?」

「いいえ、違いますよ」

「それでは、ご親戚の人が残留婦人にいらっしゃるのですか?」

「いいえ、一人もいませんよ」

春陽会の人でもなく、残留婦人の親戚でもないとは、どういう人だろうかなと思っていると、彼女はこう話してくれた。

「私は、自分の親戚に残留婦人はいないけれど、残留婦人の方で、親族が受け入れてくれない人が二人いることを聞いて、一ヵ月ほど家に泊めてあげたの」

私はこの話を聞いて、感激で胸がいっぱいになった。一時帰国の受け入れ先の少ない日本にも、このような人もいる。

「二人をいっぺんに家に呼んだのでは大変だったでしょう」

「いいえ、そうでもないわよ。一日三回の食事を作ることくらい、大変とは思いません。まあ、うちは店もやめたし、豊かでもないけれど、中国から来た方に笑われることもないでしょう」と彼女は言った。

彼女は昔、満蒙開拓者少年義勇軍の子供たちの看護婦として、中国東北部の最北端の黒河《ヘイヘ》というところに二年も派遣されていた。終戦後、子供たちを連れ、あちこち逃げ回って、やっと日本に帰った。自分も逃避行の困難を味わったので、同じ年頃の残留婦人たちの苦労が理解できるというのである。

成田空港に近いホテルで、お別れパーティーが開かれた。会場は五つの大きなテーブルの上の大きなお皿に、中華料理がたっぷり盛られている。簡単な挨拶の後、食事をしながら、私と一緒の席の残留婦人たちは、いろいろなことを話してくれた。

隣の人は、昔のことを思い浮かべ、こう話した。

「私の母は亡くなる前に、突然『スシ』を食べたいと言った。でも『スシ』が何なのか、分かる人が誰もいなかった。母は病床に臥したまま両手を上げ、ご飯を手で丸く包んだもの、というようなことを一生懸命に話した。母はすでに死期が迫っていたので、何でもやってあげたいと思い、言われた通り家に帰ってご飯に少し砂糖を入れ、いくつかの『飯団《ファントアン》（おにぎり）』を作って持っていった。母は少し口にしたが、期待したものとは違っていたので、一口食べただけでやめ、まもなく息を引き取った。

今度日本に来て、初めて寿司を食べることができ、母が言う『スシ』のことがやっと分かった。あの時は、全然違ったものを作ってしまい、本当に母にすまない」

もう一人、左足を不自由そうに引きずっている女性は私にこう言った。彼女は今年五十八歳で、敗戦当時十四歳だった。両親に死に別れ、十二歳の妹と一緒に、奉天のある難民収容所に収容された。仕事が見つからないので二人で町を彷徨った。当時収容所では発疹チフスが流行していて、隣の人が朝になると死んでいたなどということがしばしばあった。死体から移って来るシラミが伝染のもとだった。

時には、中国人のお医者さんが難民収容所に来るが、綺麗な女の子だと、そのまま連れて行って、病気を治してから誰かの嫁にやる。彼女と妹の二人も、ある日本語ができる中国人に連れられ、中国人の嫁にされた。彼女は王という人と結婚した。その時は若かったから何も分からなかったが、後で夫婦喧嘩をした時、夫が「おれは大金を払ってお前を買ったんだ」と言ったので、初めて自分が売られたことが分かった。

彼女の隣に座っていたもう一人の五十年配の女性は、彼女の話を聞いて、何か共通する記憶を思い出したのか、恥ずかしそうに小さな声で言った。

「うちの主人はもう八十いくつだよ。私より三十近くも年上だ。今は寝たきり状態になっている」

会場にいるどの人にも、それぞれたとえようのない思いがあるようだ。私のテーブルには、五十年配のわりあい若い人が多かった。終戦当時は十代の少女だったことになり、残留婦人という呼び方が適当かどうか、私は疑問に思った。そのことを口に出すと、そばの左足の不自由な女性が「日本の厚生省は残留婦人と残留孤児を区別するため、一つのラインを引いた。敗戦当時十三歳未満は孤児とし、十三歳以上は残留婦人とした」と教えてくれた。

孤児の場合は、日本政府から少し援助が出るが、残留婦人の場合は何もない。彼女たちは、人為的に引かれたラインのわずかに外側に置かれたのだ。

食事の途中、今まで目にしたことのない光景に出合った。あるテーブルから微かな啜り泣きの声が聞こえる。すると、それがたちまち会場全体に広がり、婦人たちは全員、両手で顔を覆って泣き始めたのだ。

春陽会の人には、前にもこういう経験があったようだ。すぐにカラオケのスイッチを押し、会場の雰囲気を変えようとした。会長が『北国の春』を歌いましょう、と呼びかける。音楽が流れ、腰が九十度曲がっているおばあさんも、杖をついたおばあさんも、髪の毛が真っ白な老婦人も、みんな涙を流しながら口を動かしている。凄まじい光景だった。

残留婦人たちを送ってアパートに戻ると、曽おばさんから手紙が届いていた。

「……私の帰国のことで心配してくれて、ありがとう。でもね、それはだめでしょう、日本の三人のおばさん、一人のおじさんが相談して、満子おばさんが代表で手紙をくれましたの。私たちが行くことには絶対に反対と言っています。その手紙の一部を同封します。時代が変わり、今は若い人たちの時代です。年よりたちは若い人たちに遠慮しているとか。本当にそうだと思います……」

曽おばさんは周囲に気を使って自分から意思を主張できないようだった。私は無理を承知で、曽おばさんの再帰国のために積極的にやってみようと決意した。春陽会の活動をわずかだが手伝ってみて、少し自信がわいてもいた。親戚に迷惑をかけずに民間団体の好意で帰国できそうな今、おばさんをすぐに呼びたいという気持ちが強くなっていった。

第8章　二つのモラル

大陸的？

私は曽おばさんのことを春陽会の国友忠会長に聞いてみた。

「私の日本語の先生はもう七十三、四歳で、一九七五年に一度里帰りしたっきり、もう十数年も帰国することができておりません。十年以上帰国できない人には、国から旅費が出ると聞いていますが、春陽会は彼女の一時帰国を助けてくださいますか」

国友さんは「そうですか、春陽会は来年の春にも五十人ぐらいの残留日本婦人を呼ぶ予定ですが、よかったら、彼女の住所、年齢、日本にいる親族の連絡先などを教えていただければ、こちらでやります」と言ってくれた。私は心がわくわくした。すぐ春陽会からもらった一枚の調査表の用紙を中国の曽おばさんに送った。まもなく、おばさんから私のところに春陽会あての手紙が届いた（以下、原文のまま。ただし日本名は仮名)。

「春陽会の皆様、うれしいお便りありがとうございました。涙が出てこまりました。本当に日本へ故郷へ(もう)一度行くことができると思うと、夢のようです。さっそくお返事します。

十年余り前、国費で一度帰りました。二人の子供がいますので又帰りきました。たまたま故郷が恋しくなると、あの時帰ってこなければよかったと『ぐち』になります。今は娘たちは嫁にやり、歳を取ったおじいさんとおばあさん(では)百姓をする事もできず、娘達が来いと言うので、娘の所にやっかいになって居ます。子供達もあまりゆたかでないので、帰国する事など口にもゆえず唯心に思い、夢に祖国をしのぶだけであきらめていました。こんど班忠義さんのお便りで春陽会の皆様のお力ぞえで夢がはたされ、もう一度生まれ故郷の地を踏むことができると思うとカンガイムリョです。有り難うございます。

夢の様です。色々お願いします。パスポートは何のことかわからないので、忠義さんの所へ又おねがいしました。此のつぎからは自分でかきます。取急ぎ乱筆ですみません。くれぐれもお願いまで、弟達も年を取り、今は息子たちの時代で、私のことお願いするのもいやいやでせうと思います。

日本名　吉永伸子

中国名　曽秀英　今はこの名前を使っています」

曽おばさんの手紙を春陽会に送ると、国友さんから返事が来た。

「手紙を受け取り、国に旅費を申請するため、十四年前の一九七五年、中国から一時帰国した残留婦人の名簿を厚生省で調べたが、吉永伸子さんの名前は載っていない。別の名前を使ったのか、それとも帰国は七十五年ではないのか。こちらは引き続き、彼女の実家の長野県M村と連絡を取ってみます」といった内容だった。

一九七五年に帰国したことに間違いはないようだった。長野県の新聞、テレビなどは大々的にその様子を報道している。問題は名前である。どうして自分の名前を使わなかったのか、誰の名前を使ったのか、なぜ他人の名前を使ったのか、不思議だった。その後の調べで、名簿に載っていた名前は、中村伸子であることが分かった。

国友会長の話では、彼女が十四年ものあいだ帰国していないことは確認できた。後は彼女の実家が受け入れてくれるように説得をするだけだという。曽おばさんが今回帰国するに当たって、もっとはっきり親族たちの考えや言い分を聞くために、私は再び彼女の親族を訪ねることにした。その前に、東京の近くに住む妹の満子さんに手紙を書くと、すぐ返事が来た。それによると、満子さんの生活環境は大きく変わっていた。去年の七月に夫が亡くなり、その後、家を売って現在は横浜に住む娘一家と暮らしているとのことだった。

私は彼女の同意を得て、一九九〇年三月六日に訪問することにした。その日、満子さんは駅まで迎えにきてくれた。黒いバッグを腕にかけ、何とも言えない温かい微笑みを浮かべていた。駅から自宅まで話をしながら歩いた。

「いよいよ姉が来るって？」と満子さんは聞く。私は「そうですね。そのためにも、いろいろお考えを伺いたいんですけど」と話を進めた。

「難しいと思いますよ。田舎の兄は、前から盲腸炎でたびたびお腹が痛んで具合が悪いし、宮子おばさんの方も、目が悪くて、ほんの目の前のものしか見えないのよ。孫の三人の女の子の面倒を見るだけで精いっぱいで、他人の世話をする余裕はとてもないと思うわよ」

と、まず親類の現在の状況を話し、それから自分のことに移って、残念そうにこう言った。

「家をあんなに早く売らなければよかったのにねえ……。今は娘の旦那もいるし、孫たちもいるし、末の末まで姉の面倒を見られないものね。私も国民年金で生活をしているから、他人の世話をする余裕がないの」

大通りから細い道に入って、坂を上ると新築の二階建てアパートがあった。その左端が、彼女たちの住まいだった。ドアを開けると、幼い子供たちが飛び出してきた。いずれも一歳から三歳ぐらいで、綺麗な服を身に着けていた。その後ろにずらりと並んでいる人形を目にして、その日がお雛さまの節句からあまり日が経っていないことを思い出した。

部屋に上がり、また満子さんの話を聞いた。

「姉が初めて田舎に帰った時、大騒ぎになったの。近所の人たちがやってきて、お祝いのお金を持って来るでしょ。でもお返しは、兄がしなくちゃいけないから、とても迷惑だったし、負担でもあったの。近くに住んでいる上の姉は、見ていられなかったらしい。そう考えると、中国の姉は、ずいぶん大胆だなと思うのよ」

私はこの「大胆」という言葉がピンとこなくて、聞き返した。

「大胆というか、そういう細かいところ……。まあ、生活環境もあるだろうけど、他の人に迷惑をかけることにこだわらないのね。長いこと中国に暮らして、大陸的になっちゃったのかもしれないけど。もともと狭い日本になんかいられないと言って満州に行ったんだから。昔は日本も貧しかったからね。

それも、私たちの父が、他人の保証人になって、その人の借金を背負うはめになった時、伸子姉は、知らんぷりをして中国に行っちゃったのよ。姉や兄が、その借金返済のために苦労して働いている時に、あの人は日本にいるのが嫌で、大陸に行きたいといって行ったのよ。だから姉たちにしてみれば、自分たちが親の借金のためにさんざん苦労したことを忘れられないのね。それに伸子姉は、上の姉よりも先に嫁に行ったわけ。

その頃から、のんびりしていて、他の人に気を配らない性格なの。まあ、悪い時代だったからしょうがないけれど、自分で選んだ道なんだから、苦労しても仕方ないとも思うのよ。みんな苦労したんだから、あちこち困らせないで、世話になろうなんて思わない方がいいんじゃないかと。まあ、これざあっとざあっとにわか雨が降り出した。窓の外から隣の主婦が声をかけた。

「雨ですよ。洗濯物が！」

満子さんは、はっとしたように立ち上がると、外へ出た。私も手伝おうとしたが、座っていていいと言われた。雨のせいか、今聞いた話のせいか、部屋の中が暗く見える。彼女の声が耳に残り、私はもの思いに沈んだ。「大胆」とか、「生活環境の違い」とか、「他の人に迷惑をかけることにこだわらない」とか、「中国で暮らして大陸的になった」などという満子さんの話にも、一理あると思い始めた。

私は日本に留学して三年になろうとしている。この間によく耳にした言葉が「人に迷惑をかけない」ということだった。日本人は、これを社会の道徳、行動の基準として、日常生活のルールに取り入れたのだと思う。これはなかなか素晴らしい考えだと思う。しかし、今まで私が辿ってきた道を顧みると、結構他人に迷惑ばかりかけてきた。曽おばさんのところへ行って泊まったり、食べたりして日本語を教えてもらった。その後、血縁も何もない保証人に頼んで日本留学ができた。これらの人々に迷惑をかけずには、今日までの成長はなかっただろう。

私も小さい頃から、自分の力で努力して、自分の未来を開こうと決意した。しかし日本語のテキストを買っても、五十音の発音を聞いたこともなく、どうしようもなかった。当時の撫順では、日本語は学校でも教えないし、ラジオも放送しない。近所にも分かる人は一人もいない。本当におばさんに迷惑をかける他はなかった。今の日本のように、お金を払えば何でもできる社会ではなかったから。その代わりに私たちの間には、一つの強い絆ができたのだ。

日本人は、他人に迷惑をかけてはいけないと言う。そして、自分に少しでも迷惑になることがあると、とても嫌がる。一方、中国では「捨己奉公、為人民服務（自己を捨てて、人々に奉仕する）」というスローガンの下で平気で他人に頼り、他人のプライバシーまで侵害しても気が付かないような傾向を生んだ。しかし、昔から中国文化の底流には「他人を許しなさい、お互いに助け合いなさい、分け合いなさい」という思想が流れている。他人に迷惑をかけないというモラルと、他人に対して寛容で積極的に助けるという精神の両方を持つことが望ましいのではないか。私はそんなふうに考えた。

とはいえ、日本の繁栄を支えた「お金」、このお金の世界で暮らしている親族たちの困惑をも理解してあげなければならない。今回の曽おばさんの一ヵ月の滞在費がどのくらいかかるのか、私には全く分からない。ただ親戚の方々が困るのだったら春陽会などの団体に頼んでみようと思って、費用のことを聞いてみた。

満子さんは洗濯物を取り入れて、部屋に戻るとまた話を続けた。

「だけど、班さんみたいにね、自分の力で日本に来て、自分の力で頑張っているんだったら何の問題もないと思うのよ。お金の問題じゃあないのよ」

私は反論したかった。私だって、保証人の寛大で温かい支援がなければ、日本に来ても布団一枚なく、新宿の路上にでも泊まるしかなかったろう。私こそ、保証人になってくれた人に大きな面倒をかけながら、今日までやってきたのである。

私は今度の満子さんの訪問で、国、環境、価値観の違いがあることをつくづく感じさせられた。アパートに戻ってすぐに春陽会に電話を入れた。私は満子さんの現状と長野の親族たちの困惑ぶりを話し、今回は曽おばさんと娘さんの面倒を春陽会で見ていただけないか、と頼んだ。すると国友会長は、意外な事実を教えてくれた。

「いや、今日、長野の弟さんから葉書がきて、今度の姉の一時帰国については、当方で責任をもって面倒を見ます、と書いてきましたよ」

それを聞いて、私は信じられない気持ちだった。

「そして、日本に来た時の大体のスケジュールについても話し合いました。後で、弟さんに知らせますよ。その時班さんにもお知らせします」

と会長は言った。私はこの予想外の知らせを聞いて、たいへん驚くとともにとても嬉しかった。

曽おばさんの再帰国

一九九〇年四月二十一日から一ヵ月間、曽おばさんを含めた中国残留婦人が日本を訪問することになった。私は長野の芳哉さん（曽おばさんの弟）と打ち合わせた結果、二十一日の夜に私が成田空港に出迎えに行き、翌二十二日午後、芳哉さんと満子さんが東京に来て、故郷のM村に連れて帰る。実家に一週間から十日間泊まった後、東京の私のところに移り、集合日の五月十五日まで私と一緒に東京見物をする、ということになった。

夕方六時に上野駅の集合場所に行くと、三、四人の春陽会という大きな文字の入ったジャンパー姿の人のそばに満子さんの姿もあった。

「春陽会の方に電話を入れたら、泊めてもらえるんですって。それで来ちゃったんです」

と彼女は言う。

二人の二十歳前後の若い女性が、春陽会のジャンパーを着てこっちに来る。春陽会の活動が若い年齢層の理解も得て、ボランティア活動として大きな広がりを見せていることに感激した。最近、通信販売の雑誌が中国残留婦人のことを大きく取り上げ、その中で支援活動を呼び掛け、成果を挙げたとも聞いている。そのおかげかボランティアの人数も増えて、今度はバス二台で成田空港に向かった。

全員が成田空港のホールに集まると、黒眼鏡をかけた中年の男性が大声で「通信販売グループの方は左に、春陽会の方は右に集まってください」と呼びかけた。私と満子さんは右の春陽会の側に立ったが、さっき駅で会った若い娘たちはみな左に移った。通信販売会社は社長を始め、社員も動員したようだ。春陽会は依然として年寄りばかりだった。

残留婦人たちの行列が出て来る前に、新聞記者やテレビカメラマンたちが春陽会の人の周りに集まってきた。今度一時帰国する四十二人の残留婦人たちのリストを見ると、「身元引受人なし」という黒いマークの付いた人の名前がいっぱいで、三分の二にもなっている。出迎えに来ている親族は満子さん一人しかいなかった。そのため受け入れ側の親族の代表として、マスコミに取り囲まれてインタビューされていた。「何年ぶりの再会ですか？」「今のお気持ちは？」などと矢継ぎ早に質問されて、満子さんは誰に答えたらいいか戸惑っていた。

税関のドアが開いて、残留婦人らしい人たちが中から出て来た。どの人も顔に涙が溢れている。私はすぐ、曽おばさんと恵栄さんの姿を見つけた。満子さんが走り寄る。おばさんは満子さんを抱いて泣いた。人波の中で曽おばさんの頭が一番白く見える。

今回一時帰国した四十二人の中で、曽おばさんは一番年上だという。彼女は私を見て興奮したようで、言葉はまとまりなく、時に中国語で、時には日本語でしゃべった。中国で私にお土産をいっぱい買ってきたとか、お父さんは絶対中国に帰らないようにと言っているとか、早口で話した。

バスの席に座ると、おばさんは激しい咳をした。「大丈夫？」と聞いたら、「来る前、ずっと体の調子が悪かった」と恵栄さんが言う。元気なうちにもう一度祖国を見ることができてよかった、と心から嬉しかった。

日赤会館に着いたのは夜十一時ごろだった。翌朝早く私は出かけなければならないので、曽おばさん母娘を部屋まで送ると、帰った。私はその頃、奨学生として東京・品川の東海寺に寄留していた。その前にいた四畳半のアパートに曽おばさん母娘を泊めてあげたいと思い、大家さんにお願いしてみると、大家さんは留学生や残留婦人たちにとても理解のある方で、部屋を綺麗に片付け、布団や日常生活用品なども用意してくれた。私の保証人の望月さんからも、お米などの食料品が送られてきた。

三日後、私は東京でのスケジュールを作り、曽おばさんが滞在しているM村に電話を入れた。

「そうだね、親戚もまだ回っていないし、家の工場の手伝いもやっているから、上京はどうも八日以降になるだろうね」と芳哉おじさんは言う。

そして曽おばさんが電話に出て、中国語で、

「どうしよう。弟は忙しそうで、彼の気持ちに逆らって出ることもできないから困ったね。忠義さんの四畳半の部屋の方が自由でいいと思うが、どうにもならないようね」

と言う。娘の恵栄さんに電話を替わってもらうと、

「どこへも連れて行ってくれないし、毎日工場と家の間を行ったり来たりするだけで、言葉も分からないし、いろいろ気を使わなければならないから、疲れますね。母に何か言ったら悩ませるだけだから、何も言わないことにしているの」

と彼女も苦情を言った。その時私は、ふっと妹の満子さんの言葉を思い出した。

「去年夫が亡くなったことを知らせた時、『来るとしても、今は時代が違う。前に来た時は大騒ぎしたけど、今度はとてもそんな空気じゃないの。だからそんな気持ちで来るのはもうだめだってね』そういうことを全部手紙で書いてやったの」

それが、受け入れ側の実家の今回の基本方針だったのか。それなら、受け入れるなんて言わないで、春陽会に任せればいいのに、と私は思った。

数日後、曽おばさんから手紙が来た(以下、原文のまま。ただし日本名は仮名)。

「お元気ですか! 忠義さんがいろいろ心配してくださることはよくわかります、すみません。会ってからよくお礼を言います。M村の芳哉のところでは、色々と手の放せないことがあり、八、九日は暇がありません。それで五月十二日に新宿に行くことになっています。恵栄はおじさ

んにお願いして、一生のうち一度だけの日本訪問であるかもしれないのでこのまま田舎で一ヵ月過ごしてもつまらないから、少しでも東京見物をしたいわけで、今度十二日に東京へ連れていってもらうことに決まりました。お願いします。

忠義さん都合の悪いことがあったら、電話か何かではやく教えてください。この手紙は速達で出します。忠義さんのお父さんのお話もまだしていないし、もし十二日がだめでしたらはやく知らせてください。

では取り急ぎ乱筆で！

忠義さん　　　　　　　　　　伸子」

よそ者

五月十二日、新宿の高速バスターミナルで曽おばさん母娘を迎えた。弟の芳哉さんが二人を送ってきた。工場の用事もあるので、今晩は自分の娘のところに泊まって明日すぐ田舎へ帰ると言う。私たちはタクシーでアパートに向かった。その晩は、大家さんの家へ夕食に招待されている。

タクシーの中で、私は恵栄さんに今度の日本訪問の感想を聞いた。

「まだどこも見ていないからよく分からないが、おじさんの家では、何もかもおじさん一人の言うことに従わなければならないようだ。ちょっと重苦しい感じがする。それで母も心の中では東京に行きたいと思っても、口に出せないらしく、ハラハラした。最後に私が意見を言って、母に通訳してもらった。私は、日本に来るということはそんなに容易なことではないから、せっかくのチャンスを生かして、少しでも東京であちこち見たい、とはっきり言った」

それまでどこを見て回ったかと聞くと、温泉に一回、お寺に一回、それに昨日の午後は高遠の公園へお花見に行ったという。

私は、かぎられた二日間、どこへ連れて行ったらいいのか迷ったが、箱根と東京ディズニーランドを一日ずつ案内した。しかし、おばさんは歳を取ったせいか、それとも疲れが出たのか、いつもぼんやりと周りを見るだけで、何か考え込んでいるようだった。中国に戻らなければならない時が近づいてきて、いろいろ考え込んでいるのかもしれない。

十五日、九段会館に集合する日の朝、彼女は歯茎が腫れ上がって、入れ歯をつけられなくなってしまった。何か胸の中に思い悩むことがあるのだろうか、私はこっそり恵栄さんに尋ねた。

「日本に来る前もそうだった。親戚たちの反対を受けながら、春陽会に頼んだのだから、母は気持ちが安らかにならないでしょう。それに、日本に来る時、付添人は一人しか付いて来られないのに、姉や姉の息子たちみんなが一緒に行きたいと言い出して、お母さんをとても困らせました。いよいよ中国に戻る段になって、戻った後のことを考えれば、また大変なんです。撫順のことはあなたも知っているでしょう？　世界一の金持ちの日本から帰って来る人なら、中国の習慣もあって、親戚、友達、隣人など、ちょっとでもかかわりのある人に何かお土産をあげないと気まずくなります。しかしそんなにたくさんは持って帰れない。来るのも大変だし、帰るのはもっと大変です。結局、気楽な里帰りではなかったんです」

恵栄さんはこんなふうに、おばさんの悩みを打ち明けた。

九段会館までおばさんを送った時、外は大雨だった。ベルトやビニール紐で結んだ三、四個のバッグを下げて、電車の駅に向かった。バッグの中には中古の衣類がたくさん入っている。残留婦人たちが泊まっている九段会館の階の廊下を通ると、どの部屋もドアが開けっぱなしで、残留婦人たちが荷作りに精を出している。

曽おばさんの部屋は一番奥の方にある。ドアを開けてびっくりした。大人や子供の古着がいっぱい散らばっていて、足の踏み場もない。あちこちに一山ずつにまとめられた衣類は、どこかの留学生会館で見たバザーを思い出させる。部屋にいる三人のおばさんのうちの一人が、「すみません、いっぱい散らかっていて」と言って自分のものを少し掻き寄せ、私たちに腰を下ろすところを空けてくれた。

その時、春陽会の人が忙しそうに汗を流しながらやってきて、大きな声で「段ボールがほしい方はいますか」と言って回った。続いてもう一人が秤を持って来る。目が回るような慌ただしさだった。部屋に入ってからおばさんは、力が抜けたようにポツンと畳の上に座り込んでいた。身も心も疲れ切ったように見える。また二人の春陽会の人が来た。一枚の紙を掲げて説明する。

「永住帰国を希望する方は、この紙に書いてある文章の通りに写してください。中国に戻ってからまた書いてもらうのは大変だから」と、紙とペンを曽おばさんに渡した。

「わたしは目が悪いから、忠義さん読んでください」とおばさんは紙を私に渡す。私は大声で読み上げた。

「陳情文

私は日本人ですから、何といっても祖国に永住したいのです。このことでは既に中国の親族とも十分に話し合って、全員の了解を得ておりますから、何卒私の希望を叶えてください。また私は帰国のための旅費がありませんので私たち家族にその援助をしてくださいますようお願いいたします。

厚生省援護局様へ」

曽おばさんは、私が読み上げるのを黙って聞いていた。私がどうしようかと思って黙っていると、他の二人の婦人が「学生さん、私も目が悪いから一枚写してもらえますか」と言う。

曽おばさんは私に「どうすればいいかね?」と意見を求めた。彼女は今まで、永住帰国のことなど、考えたこともなかったようだ。一時帰国さえやっとのことだったのに、永住帰国なんて、夢のまた夢だ。

私は返答に窮した。

「おばさんが日本に帰ったら、ご主人はどうするのでしょう？　おじさんは日本に来るのは嫌でしょう。おじさんを残して恵栄さん夫婦と一緒に来た場合、恵栄さんのご主人は日本に慣れないと思う。そうなると二つの家族は、ばらばらになる。日本は豊かで便利で、働けば多少お金にはなるけど、中国とは人間関係、社会体制などが全然違うので、日本に来てから寂しい思いをするでしょう」

私は難しい面を羅列するばかりで、彼女に参考になるようなことは言えなかった。

曽おばさんは「そうだね」と言ったきり、また沈黙した。おばさんは今まで、何回かあった帰国のチャンスをいろいろな原因で失ってきた。中国でさんざん苦労し、わずかの老後を残すばかりとなった今、最後の永住帰国のチャンスなのだから、よほど慎重に考えなければならないだろう。

どうせ他のおばさんにも書いてやるのだからと、曽おばさんのためにも厚生省宛ての陳情文を一枚書き写した。

「中国では子供を育てるために一生懸命に働いた。その時は帰国したくてもできなかった。今、帰国できる状況にない時に、そのチャンスが巡って来た……。故郷を思いながらも必死に働いた。そして、今になって立ち往生をする。何でそんなに夢中に働いたのか。今となっては何もかも、見えるものは一つもないね！」

おばさんは独り言のようにつぶやいた。

彼女は今まで、自分の人生を一生懸命生きてきた。「満州」に渡ったのも夢を抱いてのことだろう。しかし、さまざまな挫折を経てもなお力強く生きてきた。ところが、今、故郷に帰ってきても、何一つ確かなもの、心安まるものが見い出せないのだ。そして、なお耐えられないことに、肉親に迷惑をかけるだけの悲しい存在となってしまった。今まで彼女を支えてきた、あるいは彼女が築き上げてきたはずの家族や友人との信頼関係や親しみまでが、生まれ故郷に帰ることで無に帰してしまうのだろうか。

故郷の人はみな、自分の家族、自分の老後のために働き、それなりに責任を持ち、楽しんで生きているように見える。長い間、異なる環境に生きて、生まれ故郷に戻ってみると、何もかも変わってしまっていた。彼女自身も故郷に錦を飾れなかった見慣れないよそ者として、故郷の人々の目には映るのだろう。

「おばさん、あなたの今までの人生は素晴らしかったですよ。私にはとても支えになりました。私は日本で勉強している間に、いろいろな困難にぶつかりました。しかしおばさんのことを思うと力がわいてきました。私は、おばさんとの出会いを、みんなに書いたり話したりした。みんな、おばさんのことに感心したり褒めたりしていますよ。私はおばさんのことをもっと多くの人に知らせたくて、今、頑張っています。おばさんも頑張ってくださいね！」

「ひとりの無知なおばさんが辿って来た昔の話など、今となっては誰も読まないだろうよ」

「ひとりの人間の涙と汗で築かれた歴史でしょう、絶対に人々の参考になりますよ」

私は何とかおばさんを励ましたくて必死で語った。曽おばさんはうつむいた。薄い髪を通して白い頭皮が目に映った。私はおばさんを慰め、荷物を片付けて部屋を出た。恵栄さんが下まで私を見送ってくれた。

「母はとても疲れたようです。日本に来る前にもいろいろなことに悩まされ、三回も病気になったんです。母の心はずっと、何かに悩まされているようで、精神的に絶えず抑圧を受けているようだと、私は小さい時から感じていました。母は父とはあまり合わなかった。父は怠け者とは思わないけど、利口な人ではない。代わりに母は気が強かった、何でも人に負けたくない頑張り屋でした。

あなたも知っているように、私と姉は父親が違います。だから母は、私たち二人を同じように育てるためにも、ずいぶんと心を砕いて苦労したと思います。私は今でも幼い時のある出来事を覚えています。

ある時、家の後ろの壁の表土が剝げ落ちたので、父と母は暗くなるまで修理に汗を流した。私と姉はお腹が空いて泣いていた。母は仕事が一段落したと思ったのか、私たちをあやして、夕飯の支度にかかろうとした。仕事を続けている父は、私たちの泣き声が煩わしいのか、かんかんに怒って、手に持っているスコップを母に投げつけました。スコップは母の背中に当たり、血が流れ出た。母は地面に座り、泣き崩れた。私たち二人は恐ろしくて、泣くのをやめてしまったんです。

それがきっかけで、私と姉は決して泣かないことにしましたが、その場面はいつまでも頭に焼きついて離れない。父は少し乱暴で、字も読めない農民です。蓮島湾は生活も大変だから、夫婦喧嘩はよくあることだけれど、母は家での苦労を話す相手もいないんです。

生産隊では一生懸命に野良仕事をやるから、みんな褒めるけれど、何か他の人と違うところがあると、やっぱり外国人だからと言われるでしょう。たとえば畑に行く時、他の人はみんな一人が農具一本だけを持って、ゆっくり畑に向かいます。ところが母だけは二本、三本と農具を担いで前をさっさと歩く。他の人は母の後ろ姿を見て笑う。そんな光景を後ろで見守っている私は、本当に苦しかった。

今回、母の生まれ故郷に帰ったといっても、母の兄弟たちは冷たくもなければ親切でもなかった。中国に帰ったら、また何があるか分からないんです。落胆した様子を見せてすみませんね」

恵栄さんがこう語るあいだ、外は雨が降り続いていた。私は目の周りに熱いものがわき上がるのを感じていた。

第9章 土産物の波紋

対外開放政策

撫順は、ここ十数年で著しく変わった。中国共産党が打ち出した経済改革、対外開放政策は、人々の価値観を変えた。固く縛りつけられてきた人々の手足がいきなり緩められると、手当たりしだい何でも手に入れたいという状態になった。

以来、お金が万能で、すべてに金がモノをいう風潮になりつつある。撫順の市民にとって対外開放とは、まず外国人旅行者と接する機会が増えることを意味する。撫順は日本支配の歴史が長く、撫順炭鉱の関係もあって、日本とのつながりが多い。外国人旅行者といっても、欧米人はほとんど見られず、もっぱら日本人だった。彼らの派手な買い物ぶり、手にぶら下げているカメラやラジカセ、ビデオカメラなどに、撫順の人々の目を見張らせた。日本はまさに、黄金の国、おとぎの国のように映った。そしてまた、残念なことに、こういった偏った、一方的で受動的な情報しかないのだった。これも現在の中国共産党が取り続けている経済改革、対外開放の政策と、政治・思想・情報公開への引き締め政策との間の矛盾がもたらしたものと言えよう。

人々は輸入された見栄えのよい製品だけを見せられ、その背後にあるマイナスの情報は知らされない。撫順のような都市での外国についての情報源は、自分の目で見た外国人＝日本人たちの贅沢な持ち物や身に着けているものか、外国に出ている人たちからの便りしかない。その便りも必ずしも正確に現実を反映してはいない。

中国人は面子にこだわる民族なので、都合の悪いことや、みすぼらしいことなどを自分から言い出すことをしたくない。むしろ、ウソでもホラでも、格好のいいことを言いがちなのである。だから帰国すると、よい体験だけを話し、苦労したことや恥をかいたことなどは決して言わない。そして、短時間に稼いだ大金や、中国にはない電気製品などを見せびらかすのである。

人々は、そのようにして外国を表面でしか見ていない。出国ブームはますます熱を帯びてきているので、外国に親戚や肉親のある者は、もちろんこうした話題を避けることができない。日本への関心が、曽おばさんのような残留婦人の家族の心に、大きな波紋を呼び起こしたのも無理はない。一昨年（一九八九年）の夏、天安門事件のために重苦しい日々の中にいた私のもとに、突然、撫順の曽おばさんの上の娘の夫、李一成《リーイーチエン》さんから手紙が届いた。

「忠義弟

こんにちは。先日、東風《トンフエン》(彼の息子)のお祖母さんのところへ行った時、ちょうどあなたからの手紙を受け取ったところだった。私は日本語ができないが、義母の説明で大体分かった。あなたの学業の成果をお祝いすると同時に、あなたが昔の先生の恩情を忘れないことに敬意を表す。あなたの甥、東風も二十歳を超えた。職業学校を卒業して、今は撫順市第一建築公司で働いている。仕事はきついのに、収入は高くない。去年彼は、お祖母さんに、日本に行ってみたいと言った。日本語を学んだり、お金を稼いで結婚の費用の足しにしたいというのだ。お祖母さんは、日本に手紙を何通か出した。去年の末、『ちょっと待ってくれるように』という返事が来たが、その後今日まで何の音沙汰もない。

理解できないのは、日本に肉親のいない人でもたくさん日本に行っているのに、私たちのように、直系の叔父さん、叔母さんがいながら、なぜ心を動かしてもらえないのか。東風が日本に行けば、当然多少の迷惑は掛かるだろう。でも肉親ではないか！　本当にいくら考えても分からない。

現在、東風は日本語塾に通って半年にもなる。成績はまあまあだ。でも、いくら頑張っても日本に行けないので焦っている。お祖母さんは、最近日本にいる弟の芳哉に手紙を出し、はっきりした返事を求めていると聞いた。どういう結果が来るか、待つ他はないが、お祖母さんは、親戚が無理なら他の人に頼んだらどうかと言っている。

あなたの状況は、割合いいと思う。東風が、あなたと一緒にいられれば、多くのことを学ぶことができると思う。私たちも安心だ。今、何の手掛かりもないので、あなたに頼むしかない。どうか全力を挙げて助けてくれるようにお願いする。私たちは、あなたのことを忘れない。今、あなたのお姉さん（芳栄さんのこと）は、養鶏をしている。私は新撫区の教育委員会の財務課に勤務している。二番目の息子は職業学校に入っている。皆、平安無事ですから、心配しないで。では、お元気で。

李一成　一八八九年七月四日」

李さんは四十代の半ばで、プロレタリア文化大革命の最中に曽おばさんの上の娘の芳栄さんと結婚し、撫順市内から川を隔てた郊外に住んでいる。彼はある中学校の会計係をやり、妻には農業をやらせた。経済改革・対外開放の政策が実施されて以来、妻に養鶏業をやらせていて、生活は人並み以上に豊かなはずだったが、こういう出国ブームの中で、どうしても息子を海外に送りたいのだった。経済改革の産物である職業高等学校を出れば、ひとまず職が保証される。しかし、満足できる仕事と収入が得られるかどうかは別である。手紙にあったように、上の子は鉄骨を組む労働者となっているが、仕事や収入はいま一つだ。そこで日本へ行けば大金を稼げると思い込んで、曽おばさんを頼った。

李さんのような考え方は典型的な中国式で、近代的な発想と伝統的な発想が混然一体となっている。中国式の近代的な発想とは外国へ行って稼ぐことであり、伝統的な発想とは、中国は昔から家族制度で社会を作り上げてきたので、親兄弟の間の相互依存、相互扶助は当然という部分だ（おまけに私をまで「弟」と呼んで援助を求めている）。特に共産主義のドグマは、そういった伝統的な発想を基盤として集団主義、平均主義を強調してきた。だからこそ、血のつながった叔父さんや叔母さんがどうして助けてくれないのか、理解できないのだった。

ちょうどその年末、私が残留婦人たちの一時帰国が可能となったという情報を撫順に送って、曽おばさんの帰国の手続きを始めようとした時、付添人のことで、李さん父子と曽おばさんの間にもめごとが起こり、大騒ぎとなったことが後で分かった。

曽おばさんは当時、すでに七十歳を超えていたので付き添いが必要であり、春陽会の許しもあって、最初は下の娘である曽恵栄さんが一緒に来日することになった。ところが孫である李東風さんが、せっかくのチャンスだから自分を連れて行ってほしいと、必死でお祖母さんに頼み込んだのだった。そのかいあって、いったんは東風さんが付き添って行くことに変更された。

しかし、思いがけないところから反対の声が上がった。日本の実家や妹の満子さんたちが、男の孫を連れて来ることに難色を示したのである。実家の弟の妻は目が悪く、三人の孫の面倒を見るだけでも精いっぱいなので、そこへ世話の必要な男の孫が来ては、命を縮めるというのである。また、日本の孫は三人とも女の子なので不都合でもある。付き添いは、やっぱり恵栄さんがよいという。

このように、受け入れ側の親戚の反対に合い、再び元の恵栄さんに戻ったのだが、李さん父子は、なかなか承服できなかったようだ。そのため曽おばさんはひどく悩まされ三、四回も病気になったそうだ。こうして一時帰国するにもさまざまな困難を体験したおばさんだったが、中国へ戻るのも、これまた実に大変なことなのだった。それも帰国前のおばさんの悩みの一つであり、私が気遣っていた問題でもあった。

わだかまり

曽おばさんたちと別れて半月後、私は曽おばさんから手紙を受け取った。封を開くと予想通りのことが書いてあった（以下、原文のまま。ただし日本名は仮名）。

「……撫順に帰って来て本当にがっかりしています。お土産物が少しだとか、くれないとか、何かと嫌な顔をします。行くときは知らん顔で、帰ってきたら大騒ぎ。本当に帰ってこなければ良かったと思います。……芳栄へテレビを一つやりましたが、まだ満足しません。着るものも沢山やったつもりですが、中国の人ってこんなに遠慮がないものかとがっかりです。自分のくどきごとになりすみません。また、書きます。では、お体に気をつけて、安井荘の奥様によろしく。

忠義さん

吉永伸子」

数日後に、恵栄さんからも手紙が着いた。彼女は、日本から帰ってからの会社での様子を書いてきた。

「私は、五月三十日に会社に出ました。会社の人たちは毎日忙しそうに見えますが、実は何も仕事らしい仕事をしていません。この点では、日本と比べれば、さらに国の将来が心配になってしまいます。今、大小の官僚、職員、労働者など、みな八方手を尽くして国家や農民のお金を吸い取りたいと思っています。私もその行列の末端にいます。やむをえないことです。みなこの種の騙し合い、奪い合いを一つの能力とみなし、そうしないと、馬鹿かうすのろと見られるのです。一本の骨に多くの蟻がたかっているのと同じことです。人々は、国が富むこと、強くなることを望んでいるものの、正常な労働をしたくないというのは不思議なことです。この種の有害な思想が全部次の世代に伝えられて、さらにそれがひどくなったらどうなるのでしょう。言い過ぎかもしれませんが、私の率直な感想です。人々は積極的に働かない。努力しなくても暮らして行けるのだから、必死で力を費やさなくてもいいと思っているのです」

彼女の手紙からも、経済改革がもたらしている不条理や思想の混乱、そしてこれまで培ってきてしまった、少ししか働かないで沢山お金をもらいたいという低い志と、公有制がもたらした後遺症がうかがわれた。

「……母は日本から帰ってきてからずっと、落ち着かない状態でした。何を見ても心にわだかまりがある。私たち夫婦は月四百元の収入ですが、電気光熱費、何もかも値上がりで、あっという間になくなってしまい、ちっとも残りません。

最近、市場には数千元の服も現れました。偽物もありますが、皆ブランド商品を欲しがっています。日本製というと、あっという間に売れてしまいます。多くの人々は、日本に行くのは黄金の世界に行くのと同じで、物価も中国より安いと思っています。また、私たちの親族たちは、他の人の噂を信じて、私たちの言うことを信じません。口では外国にへつらわないと言いながら、実際には日本のものは何でも良いと思っているのです。

多くの友達、同僚たちが、お土産をもらえないので、私に不満を持っているようですが、どうでもいいことです。今、事務室は零下五度です。スチームもストーブも何もないのでとても寒い。それで、とりあえずここまでご了承ください。

敬具

恵栄　十一月七日」

恵栄さんは一九七六年、母親が最初の一時帰国をした翌年に林業専門学校を卒業して、撫順市郊外にある林業管理局に勤めた。二十いくつの娘だから、曽おばさんは彼女の縁談をとても心配していた。小さい時から足が曲がっていて、それは覆い隠しようもないことだったから、相手捜しは難航したようだ。時には、中学を出たばかりの私にまで、誰か独身男性の知り合いはいないかと聞いたほどだ。その後、近所の人の紹介で今の夫である袁公明《ユアンゴンミン》さんと知り合い、結婚した。袁さんは撫順市師範専門学校の運転手で、数年前、妻が幼い娘を自転車に乗せていて事故に合い、妻は即死、娘は重傷を負い、後遺症が残ったが助かった。

大変な家族だと思ったようだが、恵栄さんは自分も足が人並みでないから、贅沢は望めないと考えていたようだ。袁さんは素朴な青年で、人柄が良いから、両親も自分も納得して結婚した。こうして彼女の周りには、父がおり、夫がおり、事故の後遺症で知的障害になった娘がいるので、彼女なしでは袁さん一家は一切動かないのだった。だから、日本を見てからも、日本に永住する気持ちはあるものの、自信がなかった。

ところが、もう一人の娘、芳栄さんの家族たちは全く別の状況にあり、なんといっても日本に行ってやろうと思っている。上の姉の芳栄さんは、日本に連れていってもらえなくて不満に思っているので、曽おばさんが日本から持ち帰ったものを半分もやったのに、まだ満足しない。毎日のように母親のところへやってきて、永住帰国を勧め、一緒に息子を連れていってもらいたいとせがむのである。

彼らは次第に焦り始めていた。それは、日本とのつながりが、母親とその兄弟との細い一本の絆でしかなく、年老いた祖母にもしものことがあったら、一切消えてしまうからである。曽おばさんは永住帰国について悩み続け、そのためによく病気をした。病気になると李さん親子の不安が高まり、早く早くとせっつくので、おばさんはまた具合が悪くなるのだった。

恵栄さんは、年とった母のことを心配して、一人で行かせるわけにはいかないと思う。といって恵栄さんが一緒について行けば、お父さんは芳栄さんのところに預けられ、夫の袁さんは一人で娘を見ることになる。まさに家族は崩壊同然となる。そのため袁さんは、おばさんの日本永住を喜ばないし、たびたび説得に来ている李さんに好感を持たない。その上、李さんは恵栄さんが日本から持ち帰ったカラーテレビを袁さんの留守を見て、自宅に持って行ってしまった。袁さんの怒りは募る一方だった。

李さんは学校の会計をやっていて頭がよく、口も上手だった。袁さんは口下手だが力がある。何やかやと苛められるのをじっと我慢しているが、力に訴えてしまいそうだ。李さんはいくら袁さんを避けようとしても、旧正月に両親を訪ねる時顔を合わせてしまう。そうなったら何が起こるか、予想できない。

その年（一九九一年）の旧正月の終わる頃、三月の初めに、おばさんからの手紙が届いた。心配したことが起こっていた（以下、原文のまま。ただし日本名は仮名）。

「忠義さん、お手紙を有り難う御座いました。私が永住帰国することを大変心配してくださる様子すみません。

どういうわけかと言うと、去年、一成の息子・李東風を日本へ連れていかなかったのが、一番いけないことだと言い張って、色々話しても聞いてくれません。娘が一番近い身内、孫は二番目と公安局で決めてくれたので、恵栄を連れていったと言ったが、それなら芳栄が上だから恵栄が行ったのは間違っているなどと言うのです。恵栄は少し日本語もできると言っても一成、芳栄は聞きません、めちゃくちゃに泣いておこるのです。いやね！

帰ってきてからテレビ、指輪、ウデ時計、着物、何でも半分に分けてやりましたが気に入らず、お正月に来たときにお酒をのんで一成、公明と大げんくわ、公明は一成がチョーブーチー（中国語で「見下す」の意）という。そうかもわかりません。一成は唯お金お金で生きているし、二人はどうしても気が合いません。

そして、周りの人はこんなことを言う。日本人に身内のある人はお金を沢山送ってもらえるとか、行けばとてもパー才（金持ちになるの意）するとか、私が日本に帰りたくないので面白くないです。仕方がありません。中国語で言う『その中に立つ』状況です。私は遠慮をしたり、苦労をしたり本当にやりきれないですけれど、死ぬこともできず、春陽会にお願いして永住帰国をさせてもらうのです。恵栄は一人で行くのは心配だと公明にお願いして、三、四年後、公明も行くようにと話をした。公明は自動車の修理は全部できるし、そうしたら東風も行くというわけです。永住するのは恵栄と二人では私が亡くなった後、寂しいと思い、李東風も連れていきます。忠義さんの手紙のことはよく話しました。よく分かっています。一成一家は日本ってそんなに暮らしにくいか、そうしたら息子を連れていって味わってもらいます。お爺さんは芳栄のところで見てくれます。私が東風を連れていくので、見てくれないわけにはいかないのね。

もう八十才になります。あと何年生きられるか、長いことはありません。私だって同じこと、五十年住み慣れた国、自分の祖国と同じです、別れたくないが、仕方がありません。そんな運命に追い回される人間です。ここにいても遠慮をして気を小さく生きなければならないのでしたら、日本へ行ってみませう。死んだ後に子供達に悪口を言われない様、撫順だって孤独です。一日話す人もありません。後のことはどうでもなれと言うわけ、私が書いたことは誰にも言わないでください。一成や公明に分かったらそれこそ一日も生きられません、約束してください。

リュウソラン（リュウさんのこと）も一度来ました。日本から持ってきた着物を一枚やりました。人間なんて忠義さんの様に力になってくれる人は少ないです。みんな行きずりさってしまえば忘れてしまいます。では乱筆で判断して読んでください。みんな私のひがみかもしれません、きっとですよ。再見《ツアイツエン》！

班忠義様
吉永伸子」


曽おばさんが書く日本語の字は震えていて読みにくかったが、おばさんが泣いて訴えていることは痛いほど分かった。

異文化の壁

撫順で思い悩んでいる曽おばさんの手紙は私をひどく苦しめた。今のような状態の中で暮らし続ければ、曽おばさんはとうてい平和な老後を送れないと思うからだ。しかし、日本に永住帰国したとしても、私が知っている範囲の情報から考えてみても、とても平和に暮らして行けそうにない。元の生活にも戻れない、日本に帰ることもできない……。一体何が、曽おばさんをこんな窮地に陥れたのだろうか。おばさんが今度の一時帰国をしなければ、このようなことにはならなかったのではないか。そう思った時、私は思わず息を呑み、愕然とした。

日本であちこち奔走して、ようやく曽おばさんの一時帰国を実現させた私自身の行動は、何だったのだろう？　曽おばさんに恩返しをしたい、少しでも良いことをしてあげたいと思った私の気持ちとは、全く逆の効果を招いてしまった。私の単純で表面的な幼い発想は、曽おばさんを助けることにならなかった。これこそ、自分勝手な好意、無責任な行為ではなかったろうかと、私は自分自身を責め続けた。

曽おばさんが十数年ぶりに祖国を訪れることができたこと自体は、とてもいいことだったと私は今でもそう思っている。ただ払った代価は大き過ぎた。私はどうすればいいだろう。おばさんの苦しみを知りながら、その現実から逃げていては、結局私は曽おばさんのために何一つ役立たなかったばかりか、むしろおばさんに重荷だけを負わせたことになるだろう。今度は現実を受けとめて、前のような間違いを起こさないように、私は曽おばさんの永住帰国にどのぐらいの利点があるのか調べてみようと決心した。

しかし、誰に聞けばいいのだろうか。私が知っている永住帰国の残留婦人と言えば、小山市で知り合った数人の人たち以外にはいなかった。私はその中の一人の息子のTさんと連絡を取った。彼は小柄で日本語も上手だった。

ある日曜日、私はTさんの自宅——小山市にある雇用促進住宅の一室を訪ねた。彼は他に七十歳代の残留婦人二人、五十歳代の残留孤児二人、三十歳代の残留婦人の子供二人を集めてくれた。Tさんの場合、母親は八十歳になっていた。曽おばさんと同じように、すでに中国国籍に入っていて、日本に帰って一年近く経ったが、日本国籍回復への申請は審査中だという。母親は高齢で収入はなく、妻は日本に来て二ヵ月後に心臓の手術を受けていて、家の内外の仕事は一切できない。小学校三年生の息子は、友達もいなくて寂しがっている。仕方なく、苦しい家計の中から、子供たちの間ではやっているテレビゲーム機を一台買ってやり、近所の子供たちもやっと出入りするようになった。

何か困ったことはないかと尋ねてみると、「仕事が忙しい、きついなどということは問題ではない。日本人も同じようにやっているのだから、私たちは何も言うことはない。問題はこれまで経験したことのない精神的圧迫感があり、それで苦しんでいる」と口々に言う。

私が、その精神的な圧迫感とは何なのかと聞くと、Tさんが自分の悩みを話してくれた。

彼の妻は、たびたび病院に行かなければならなかった。その時いつもTさんが連れて行くことができず、代わり社長の奥さんが連れて行く。手術する時もそうだった。Tさんの奥さんは日本語ができない。社長の奥さんは中国語ができない。そんな場合、どうコミュニケーションするのか想像もつかない。子供の場合もそうで、病気になると社長の奥さんが病院へ連れて行く。

Tさんは、中国で最も不幸な世代と呼ばれる紅衛兵の世代である。学生時代には全く勉強できず、社会人になったら農村に下放された。結婚したら子供を自由に産むこともできず、一人っ子政策で制限された。日本に来たら子供をもう一人持とう夢見たが、いまは妻の事情で望めなくなった。そういうわけで息子は彼の命であり、すべてである。病気になって他人に連れられて病院に行くのでは、どうしても安心できない。万一のことがあったら誰が責任を負ってくれるのだろう。

彼は「私は日本に来たら、目に見えない檻の中に入れられて、働かされているような気がする。社長の奥さんが檻の鍵を持っていて、出勤する時間になるとその檻に入れられ、仕事が終わると出してもらうだけの生活だ」と言う。そしてTさんにしかできない家庭の用事があっても、土曜日に休みをもらうことができない。社長は「もし自分の都合で会社を休むなら、やめてもらう」と言う。そんなに働いてTさんの給料は、月に十二、三万である。残業も多く、子供がお父さんに会うのは朝ご飯の時だけという毎日。

Tさんはいつも自分一人で悩んでいる。「どうして日本の経営者は、自分の都合ばかりを主張するのか、なぜ私たちの困難な気持ちを理解して、力づけてくれないのか」と、Tさんは私に質問する。

彼は中国の会社で日本語の翻訳などをやっていて頭もいいし、おとなしい感じの人だった。Tさんに続いて、残留孤児の一人が自分の体験を話した。

ある日、彼は突然激しい腹痛を起こした。社長は日本人職員をつけて病院に行くよう手配した。治療を受けてから、医師は明日もう一度来るようにと再三繰り返した。いくら日本語が不自由でも、そのことは分かった。次の日、社長に病院に行く暇をもらいたいと申し出ると、社長は身ぶり手ぶりで医師がいないと言う。彼が分からないと思ったのか、紙の上に「医者不在」と書いてくれた。ところが少し後に病院から電話が掛かってきて、「どうして来ないのか」と医師が彼に聞いた。明らかに社長は嘘をついた。彼はそう判断して社長に強い不信感を抱いた。

別の七十歳前後の残留婦人は、中国にいる時ハルビン科学技術大学の日本語教師をしていた。今は中華料理店でアルバイトをしている。彼女は「自分が帰りたくて帰ってきたのだから、いろいろ苦しいところはあるけれども、何も文句を言うつもりはない」とポツンと言った。

会社と個人

私はTさんや他の人々の苦情を聞いても、彼らの言うことをそのまま信じ込むことは避け、冷静に客観的に受けとめようと考えていた。たとえば会社側の言い分を聞いていないのだから、一方的に判断はできない。ただ、そこには非常に深い理解の食い違い、ものの考え方の違いが存在することを認めずにはいられなかった。中国から来日したばかりのTさんたちにとって、カルチャーショックは大きいだろう。たとえば中国の職場では、病院の診断書があれば休みをもらうのは当然だった。日本では、私のかぎられた経験の範囲でも、よほど重い病気でなければ、普通は仕事を休まない。

もちろん日本人だって、はっきり病気と診断されたら会社を休むのは当然だろうが、Tさんたちの場合、雇用者側である日本人と被雇用者側の中国人の間に、「仕事」と「生活」に対する感覚、「仕事」と「病気」への対処の仕方、いや日々の生活感覚の多くの面で、短期間ではとうてい乗り越えにくいような大きな距離があることを私は感じ取った。

たとえばTさんの場合、私の目に映る彼一家の現状は、中国語で言えば「老母、病妻、小児」を彼一人の肩で担がなければならないので、どうしても日曜の他に、もう一日の休暇をもらいたい時があるのだろう。そんな事情を会社側が理解してくれないとTさんは考える時、気持ちも苦しくなるのだろう。私は、Tさんの傍らにずっと眉をひそめて黙って座っている「老母」を見て、彼女は祖国に帰って来ても、少しも心安らかになっていないのではないかと感じた。

そこから戻った私は、近くの労政事務所でTさんの場合について聞いてみた。事務所の意見は「週一回休日を設けていれば、労働基準法に違反していない。それ以外に休暇をもらいたい場合には、あくまでも会社側と話し合いで解決するしかない」とのことだった。

「会社側が話し合いに応じてくれない場合はどうなりますか」と聞いたところ「それは仕方がないね」との答えだった。日本の法律からも解答は得られなかった。これはまさしく、日本人の労働観と中国人の家庭観との「激突」だった。しかし、どっちを中心に置くべきなのか。人間として、もともと先に家庭があるのか、それとも労働があるのかということを考えざるをえない。中国では古来、家庭の団らんを最高の喜びとした。他方、労働は人類の進歩と文化の発展にとって決定的な要因だった。といっても。家庭のために働くのなら考えられるが、労働のために働くなんて意味がないのではなかろうか。だから、このように家庭と会社が矛盾する時には、当事者たちはほどほどに反省して、お互いに理解しあって解決する他はないのではないかと思う。

同じような条件で働く日本人は、Tさんのような悩みがないようだが、どうして中国残留婦人の子弟たちには悩みが多いのか。その後、私は新聞や雑誌を読む時、特に会社と日本人社員との関係についての報道に注意した。

最近、Tさんのようなトラブルの報道を目にすることが多くなったように思う。一九九一年十一月十日付日本経済新聞の「日本人と会社」という連載に「退却神経症」についての記事が掲載された。

「大手機械メーカーに入社して三ヵ月、山本昭二（二四歳、仮名）は上司が部屋から出ていくと、静かに医者に語り始めた。

『与えられる仕事はきちんとやっています。（中略）仕事以外の時間は趣味のバイオリンに使いたい。（中略）みんなだって、やりたくて残業しているわけではない。なぜ私が病気なのですか』

場所は都内の精神科の病院。母親ともども山本を連れて来た上司は『能力はあるのに、自分中心主義で無気力。退社時刻の五時になると、残業を命じても、帰ってしまう』と山本の『病状』を医者に訴えた。カルテには『いわゆる退却神経症か？』と書き込まれた。（中略）そうしたビジネス最前線から逃げ出す『病』というわけだ」

「山本のカルテの最後に医師はこう記した。『このような若者の出現を批判するだけでなく、効率性ばかりを主張する企業のあり方も問題にすべきだ』。（中略）山本が増え続け、多数派となったとき、病気と診断されるのは会社そのものだ」

十一月三日付のTさんからの手紙に「本来、残業するかどうかは自分で決めることだと聞いていますが、私のような中国から来た人はそれを決める権利はありませんでした」と書いてあった。これは、Tさんの誤解である。日本人でも自分の残業を決められるとは言えない。ただ一つの心配なことは、Tさんは日本で「はっきりものを言えない神経症」にかかったらどうなるかということだった。

私はこういう話を読んだり、聞いたりしてたびたび思い出すのは、私のアルバイト先の弁当屋で見た一つの情景だった。仕事はそれほど忙しいとは言えないが、やはり多少の事情があっても定休日以外に休暇をもらうことは難しく、有給休暇も日数が決まっていなかった。また休暇を取る時は、「誠に申しわけありませんが……」という枕詞が必要だった。

正社員のWさんは仕事中も苦しそうに腹を手で押さえた。「どこか具合が悪いのですか、大丈夫ですか」と聞いたら、「大丈夫です」と答える。彼は責任感の強い人で毎日の残業はもちろん、土曜、日曜もよく店に来ていた。ところが三ヵ月ほど経ったある日、Wさんは仕事中に倒れ、救急車で病院に運ばれた。その晩すぐ腸の手術を受けた。店に入って十年もの間、一回も健康診断を受けたことはなかったという。退院しても、続けて働くことができないようだった。

これは私の目の前で発生した思わぬ出来事だったが、日本人従業員はみな、多少の体の具合の悪さは我慢している。Tさんの妻子の場合、社長の奥さんが付いて行くのだから、そのためにTさんに休みを与える必要がないと会社が考えていることもあるだろうと思ったが、この問題にはっきりとした答えが出せないので、ある親しい日本人の大学の先生に尋ねてみた。彼女はこう説明してくれた。

「定休日以外の労働時間には、ちゃんと働くというのが資本主義の原則ですからね。会社と個人とは、基本的に対立していて、会社が自分に合わない場合、条件を飲むか、辞表を出すか、それしかない。これは資本主義社会における選択の自由です。資本主義社会は一つの大きな『しくみ』だから、経営者も、その大きな『しくみ』に振り回されている一つの部品、細胞でしかない。お金や暇などは、みんなこの『しくみ』の中から戦って取るもので、人に与えるものではありません。それは個人個人の働く能力、競争力に関わる問題です。

そしてね、日本では会社に入って少し成績を上げ、一人前に認められてから、初めて自分の主張を言えるのです」

先生の話を聞いて、私は何かが分かったように気がする。確かにTさんたちはそういう「戦う意識、あるいは能力」が足りないかもしれないと思う。それは彼ら自身の問題ではなくて、彼らを育てた環境が違うからだ。

私の知っているかぎり、中国では会社と家庭・家族の関係は、相互に依存し合う二つの家――大きな家と小さな家であると言っても過言ではない。社会主義体制の中国では、「会社」というよりも「職場単位」という方がより正確かもしれない。まず社員は「職場単位」から住む部屋を分配してもらう。

「職場単位」は子女の教育や就職、家庭内でのトラブルに至るまでのあらゆる問題に責任を負う。そのため優れた職場指導者は、社員たちの苦情や悩みに耳を傾け、解決を図るよう力を注ぐ。

この「しくみ」は、ある意味でたいへん人間味溢れるものと言えるが、半面で社員は、「職場単位」に依存し、常に有利な配分を得ようとする。つまり「自立する」精神が育たない。「社会主義は人に甘いからだめだ。資本主義は人に厳しいから発展する」と日本人はよく言う。二千年前の中国の孟子と荀子の「性善論」と「性悪論」を思い出すような議論となる。私は人が自立できない、あまり個人の能力が発揮できない中国の現実を見飽きて、日本に留学した。そして最初は日本人の働きぶりを見て感心もしたが、徐々にそれは違うのではないかと思うようになった。こういう潤いの少ない、余裕のない大きな「しくみ」を前にしては考え込まざるを得ない。

私は現在、人間の精神世界にも「癌」のような治りがたい病が蔓延しつつあるのではないか、と危機感を抱く。「癌」という漢字の成り立ちは「品」物が「山」ほどあるから「癌」となるというユニークな説明もある。人間が物のことばかり考えたら心が貧しくなる。個人の感情を捨てて支えてきたこの大量生産、大量消費の大きなしくみは、私たちの人間関係を疎遠にし、地球環境の破壊に導く。

中小企業の協力を得て、永住帰国の道を選んだTさんたちは、来日した最初の段階で、日本の資本主義社会の最も厳しい部分に直面し、心理的な衝撃を受けてしまった。一方、中小企業自体もこの社会で生き続けるのが大変なのだ。政府もこうした民間の努力にもっと手を差し伸べるべきではないかと思う。

第10章　永遠の残留者？

国　策

私は、所沢にある政府機関の残留孤児救援センターを訪ねてみた。そこの様子は少し違っていた。政府は、孤児たちが自立できるまで、一年間あるいは二年間、センターで日本語教育と職業訓練を授ける。その期間中の住居費、水道光熱費は無料で、その他に月額四万円程度の生活費が支給される。ここを出た後は、ほとんどが公営住宅に入居できる。私がそこで会った残留孤児の表情は明るかった。もし曽おばさんが一人で帰国した場合、この程度の環境があれば平和な老後を送れるのではなかろうか。

そこで会った残留孤児の支援団体の責任者Wさんに曽おばさんの事情を話し、解決の道はないだろうかと尋ねると、「残留婦人のことも政府は考えていますよ。ただ事情が少し違うから、まず孤児の問題を片付けてから、残留婦人の問題に手をつける方針のようです」と、Wさんは語った。しかし残留孤児の問題が全部片付いた時には、曽おばさんはいなくなっているだろう。そう思うと焦燥感が募った。その後、私は春陽会が厚生省に送った残留婦人たちの永住帰国についての陳情文など、一年前の資料を読む機会を得た。陳情文の要旨は次のようなものだった。

「春陽会は一昨年以来、昨年秋までの間に、延べ四回、計百十四人の残留婦人の里帰りを行ったが、その結果、以下のことが判明した。

①婦人たちのうち八〇％以上の人は強く帰国永住を望んでいるが、この人たちの親族の九〇％はこれを拒否している。

②里帰りをしたわずか一ヵ月間の面倒を見ることですら、六〇％の人は拒否している。

③婦人たちの大半は終戦以来、今日まで貧しい生活に耐えてきている（中には、現在もお米は年一度しか食べられない人もいるし、いまだに電気のない所に住んでいる人もいる）。

④高齢化が進み、病気で倒れる人も多くなってきている。」

春陽会は、もっと多くの残留婦人が一時帰国、または永住帰国ができるように、「その人たちの中国における住所を教えていただきたい」と厚生省に申し出た。

しかし厚生省は「もし親族がそのことで反発するようなことがあっては困る」と断った。厚生省の残留婦人たちに対する姿勢は、①親族が申請しなければ里帰りの旅費は支給しない、②親族が同意しなければ永住は認めない、というように、あくまでも親族の意志を基本としている。

しかし、あと十年、二十年このまま黙視しているだけなら、彼女らは祖国を思いつつ異国の地に果てるだろう。わずかな余命でも彼女たちの思いをかなえて、祖国からの温かい気持ちを感じさせたいと春陽会の人たちは努力している。

「もし親族が一人でも反発して裁判でも起こすようなことになったら困る」と係官の一人は言う。

「一人の親族が反対することを恐れて、何百人もの残留婦人から里帰りの喜びを取り上げてしまってもよいものか」と春陽会の人たちは疑問を呈する。

さらに春陽会の見解は「開拓団は親族が送り出したのではない。日本政府が当時の国策として送り出したものである。だからその後始末は当然国がやるべきである」というところにある。

戦後中国に残された日本婦人は数千人に過ぎない。現在、中国残留婦人の民間支援団体は、多くの市民の理解と協力を得て、日本政府と粘り強く交渉している。中国残留婦人の永住帰国の環境はしだいに好転してはいるが、受け入れ基盤が固まっているとは言えない。いろいろ調べてみて、今の状況では曽おばさんのような人たちが帰国しても、平和に暮らして行けるという保証はまだない。

だが、彼女の婿や孫たちの日本に行きたいという気持ちに、どう対処すればよいのか。私は、曽おばさんの平和な老後の確保と、婿たちの日本に行きたいという気持ちとは、明らかに切り離して考えなければならないと考えた。私はすでに彼らの欲望を、おばさんの日本訪問によって刺激し、おばさんに新たな苦悩を与えてしまった。

私には重い責任がある。どうすればよいのか。私に何ができるのか……。

残留孤児と残留婦人

私は、初めて参加した残留婦人たちのための「送別会」の情景を忘れることができない。食事中にどこからともなく、啜り泣きの声が聞こえ、会場全体を覆い尽くしたあの時、会長は「ちょっと歌でも歌いましょう！」といって『北国の春』を歌い始めた。皆が啜り泣いている中で歌声だけが響くのは、言葉では表現できない悲しさだった。

毎回、必ず残留婦人たちを見送ってきたというある女性ボランティアは私にこう言った。

「私は中国から来る肉親捜しの残留孤児の方々の送別会にも参加しているけれど、やっぱりここの雰囲気は違う。残留孤児の方々は、肉親を捜せた方は嬉しいし、捜せなかった方も諦めればそれですむ。残留婦人たちの大部分は日本で生まれ育ったので、記憶の中にいつも日本がある。戦争に負けて、どうしようもなく中国に残されて、その間いつも故郷を思い、日本に帰りたいと念じ続けてきた。そして、数十年後やっと故郷を訪問できても、兄弟などの肉親は歳を取っていて、会ってくれない人も多い。いよいよ日本を後にするとなると、もう二度と来られないかもしれないと思って、悲しさが募るのね」

私も同感だった。残留孤児たちの多くは、幼い時に実の親と別れて中国人に救われた。したがって親兄弟のことが分からなかったり、あまり記憶に残っていない人が多い。中国の生活は貧しかったかもしれないが、彼らはそれなりに中国の若い人と同じように成長してきた。小さい頃には日本人の子供と知られていじめられたこともあったろうが、成長してからは中国人と同じように生きてきた。

残留婦人の場合は事情が異なる。敗戦当時十七、八歳の娘だったり、あるいは幼児を抱えた若妻だった人が多い。日本のことも戦争のこともよく覚えている。彼女たちは追いつめられた異常な状況下で、子供や兄弟などのために、ひと時だけ中国に雨宿りして、一夜明けたら日本に戻ろうと自分に言い聞かせてきた。しかしその夜はあまりにも長すぎた。彼女たちは祖国のことを思い悩みながら、中国農村の厳しい生活に耐えてきた。彼女らの心身両面の悩みや苦しみは、日本にいる肉親からも、日本政府からも忘れられている。

一九九一年の八月末、私はテレビニュースを見て息を呑んだ。一時帰国中の残留婦人が自殺したというのだ。当日の朝日新聞(夕刊)は、こう報道している。

「二十四日午前六時半ごろ、茨城県猿島郡三和町下片田の中国残留の日本婦人のための『ふるさとの家』で、一時帰国し、滞在していた田桂英さん(日本名・吉田静子)＝(六九)がふろ場で死んでいるのを一緒に滞在していた帰国婦人が見つけ、境署に届けた」

「ふるさとの家」は、春陽会が多くのボランティアの支援を得て完成し、八月十七日にオープンしたばかりの施設である。中国から一時帰国してきたり、あるいは永住帰国してからも住む場所が探せない中国残留婦人のための家で、今回はその第一陣だった。

「田さんは(中略)帰国前に広島県にいる親族に受け入れ希望の通知を出したが回答がなかったという。国友会長は『身寄りのない人のために作った施設。ここが自分の家だと思いなさいと言っていたのに残念』と話している」

私は、この第六回中国残留婦人の一時帰国のことを春陽会の会報で知っていた。事件後、会長の国友忠さんに電話してみると、「亡くなった吉田さんを入れると、今回一時帰国した残留婦人は三十三人で、『ふるさとの家』に泊まっている十一人は親族が受け入れてくれない人だけです」と説明してくれた。少しでも手伝えることがあるなら、と申し出たところ、「彼女たちが中国に帰る時見送りに来てください」と言う。

今回は永住帰国希望者が大半を占めていたそうで、中小企業の見学や交流会も多かったという。受け入れ予定の企業からも二、三人見送りに来た人もいた。空港近くのホテルで行われた送別会はいつもより見送り人が多かった。参会者の中から「吉田さんの死は無駄ではなかった。これだけの人が集まったのだから」という声が上がった。

司会者や会長などの送別の挨拶が終わると、わざわざ浜松から送りに来た、ある建築会社のHという社長が受け入れ側企業の代表として挨拶に立った。その挨拶はとても厳しく、単刀直入なものだった。H社長は五十代、やや日に焼けた顔で、髪の毛は短く刈っていた。彼はまず、簡単に別れを惜しむ言葉を述べた後、声を一段と高くした。

「日本に永住帰国をしたい方にお願いがあります。あなたたちが中国に帰った後、よく日本のことを思い出してください！　日本人の習慣を思い出してください！　日本語を勉強してください！　またあなたたちの子供たちにもこれらのことを教えてください！　はっきり言いますと、あなたたちはとても中国的、中国人的になっている。

日本では、中国にいるようになんでも『慢慢的《マンマンデー》（ゆっくり）』、これはだめ！　日本では何をする時も『快快的《カイカイデー》（急いで）』でなければなりません。日本で生活したければ、日本のことをよく覚えなさい。そうしなければ、結局日本では成功しません、幸せになれません。中国にいる時のように、家や土地やお金などは働かなくてももらえるということは、日本ではありません。日本は競争社会です。一生懸命働くことです。中国にいる気持ちで日本に帰って来てはだめです。お金がもらえません。ただでお金をもらいたいというのは怠け者の精神です。乞食の精神です。

あなたたちは中国で大変苦労されたと思いますが、私たちは日本で遊んでいたわけではありません。私たちは人並み以上に働いたために、今の家、企業、そして今日のような日本を築き上げたのです。どうか日本に帰りたい人は、よくよく日本人の精神を取り戻して、自分ばかりでなく、子供にも教育してください。お願いします！　私の話はここで終わりにしますが、皆さん、中国に帰ったらよく考えてください！」

H社長は四十五度の礼をして、大股で席に戻った。残留婦人たちは息を呑んで聞いていたようで、社長が席に戻ってから改めて、思い出したように拍手した。しかしその間、ずっとうなだれて聞いている婦人もいたし、こっそり目頭を押さえる婦人もいた。

私は、この社長はこんなに不遠慮にしゃべっていいのかと思った。残留婦人の傷だらけの心に、さらに塩を揉み込んだのではないかと心配する。彼女たちには中国の厳しい自然や急変する政治は辛かったかもしれないが、それでも数十年もそこに留まっているうちに、彼女たちを受け入れてくれた中国人が好きになったかもしれないのだ。夫も子供も皆中国人の彼女たちの前で、こんなに平気で中国人を批判していいものだろうか。

もちろん中国人の働くスピードは、日本人に負ける。中国人だけではなく世界中どの国の人でも、働くことではチャンピオンの日本人に勝てる者はいないだろう。日本人が「働きすぎ」と批判されるのも、そのへんに原因がある。中国人は働かなくてもお金がもらえるからだめだと、この社長を始め日本のビジネスマンたちは言う。これは中国に対する日本人の一般論としては納得もできるが、十数億人がみんな働かなかったら、中国はとっくに滅びていただろう。

この社長の発言は中国の事情があまり分からず、とくに残留婦人たちが中国東北部の過酷な自然と闘って必死に働き抜き、最後にこんなぼろぼろの体になって祖国に帰って来たという事実の重みを理解していないからだと思う。中小企業、とくに建設業界は不況や人手不足に悩まされているため、一種の焦りからこんな話し方をしたのかもしれない。しかしこれは、若者の肉体労働離れ、3K嫌いなどといった日本社会の側の問題であって、社長はそれへの反省が足りないまま、残留婦人に厳しい目を向けている。

H社長は、日本人の精神を「競争・一生懸命に働くこと」というところに定義したようだが、それと比べて、我々中国人の精神は何なのかと考えざるをえなかった。私は少なくとも中国文化や中国人の心には「寛容的精神」があると思っている。この精神の存在が、中国人を良くもし、だめにもした。

多くの加害者側の婦女子を受け入れたのも、その精神の表れであると思う。
最近の日本では、「相手をゆるす」という意味の「恕」という漢字をあまり見なくなった気がする。不寛容こそ、戦後日本の経済発展を支えた精神構造なのだ。ただし、これから国際社会を相手にして外国の人たちと付き合う時、それで通用するのかは気に掛かる。H社長の話を聞きながら、私はこんなことを思い、考え込んだ。

司会者は会場の雰囲気を和らげるように、「どうですか皆さん、社長さんのお話をよく聞きましたか。社長さんは口は厳しいですが、心は優しい方です。今のところ中国から帰ってきた人を数人、会社に受け入れておられます」と言った。

この社長は、残留婦人の家族、子女たちを受け入れて感じたことを話したのだろうと思うが、残留婦人たちに厳しい課題を突きつけた、と私は感じた。彼女たちはもう働く時期を終わっているし、子供たちもすでに成人している。彼女たちが帰国後、日本での生活をどれほど詳しく語り、その厳しい現実を話しても、短期間で理解できるものではないように思える。

この社長一人ではない。多くの日本人が、同じような見方をしているように感じられる。課題は一段と重い。私はこの社長の話、中国にいる曽おばさんの苦境、日本に行きたいと言う婿たちの情熱、そして一ヵ月の面倒も見て上げられない多くの親族たち、さらには日本に来ている彼女たちの子弟の苦悩などを思い返しながら、中国残留婦人たちの祖国帰還を巡ってどのような問題が存在しているかを繰り返し考えてみた。

試金石

日中両国は同文同種とも言われ、また逆に同文異種とも言われている。昔、日本は盛んに中国文化を吸収したが、それは日本の風土、環境と結びついて、日本独特の文化を生んだ。

H社長は、彼女たちに資本主義社会で戦う原理原則を教えた。「自立」すなわち他人に頼らず、自分で成功の道を探れと主張する。多くの日本人が「自立」を信条として生きている。しかし、中国の政治闘争や政治運動から身を守るのに巧みな李さんの手紙からは、競争が厳しい日本での「仕事」について、多少でも考えている様子は読み取れない。いや、むしろ全くの無知と言ってもよく、中国式の異質な考え方に満ちている。すなわち肉親や友人に多少の迷惑をかけるのはやむを得ない。それこそが親戚、親友というものだ、という考え方である。

曽おばさんが日本に行ったら、いろいろと困ることがあるといくら話して聞かせても、耳に入らない。「地獄でもいいから、一度息子に味わわせてやりたい」と言うのだ。彼のこの思いを支えているのは、手紙の中にも書いてあるように「車到山前必有路（車が山に着いたら、その前には必ず道がある）」という中国の諺だった。それは、その場に着いたら何とかなる。どこであっても人間の世界だから、何とかなる、という一種の楽観論だ。社会主義制度から生まれたものではなく、昔からの中国の伝統的な考え方に根ざすものだろう。

中国の儒教の最高道徳は「仁」だった。仁とは、中国最古の部首別漢字字典『説文解字《せつもんかいじ》』によると

「人、二人也」、つまり二人の人間、複数の人間が助け合い、協力し合う理想的な人間関係であるという。それは昔、厳しい自然環境と闘う中から生まれた思想であった。資本主義社会では、このような相互援助の思想は失われようとしている。

日本でこのような話をすると「日本の昔もそうだったよ。今でも田舎ではそのようなところはあるが、都会では暮らし方も大きく変わっている」と言われる。そして、曽おばさんを助けてあげたいと言うと、「日本に帰って来たら大変だよ。今の日本は競争社会だからね」と、私のようにおばさんのためにあれこれ奔走したりしている者は、あまりにも日本の現実を知らない者のように言われる。私たち中国人は遅れているのか。しかし相手の事情も考慮せず、自立や一方的協力を要求する方に問題があるのではないかと、私はどうしても考えざるをえない。

日本には昔から「武士は食わねど高楊子」「渇しても盗泉の水を飲まず」という諺があると聞いている。日本の近代化の初め、福沢諭吉は「自立心と数理の精神」を説き、合理主義を近代日本の基礎にせよと説いた。けれども人間の成長の段階には、どうしても支えてもらわなければならない幼年期がある。ゼロから始まる中国残留婦人とその家族たちの日本での新生活を、「自立」の段階まで温かく見てあげることはそんなに難しいことなのだろうか。

日本では「自立心」が重視されているが、曽おばさんは、個人の「自立」が重視されず集団主義の強い異国で、生きるために一生懸命に闘ってきた。彼女は誰にも頼らず、独りで頑張ってきた。彼女は素晴らしい人生の戦士だが、報いは少なかった。人間と人間の戦いを繰り返し、ようやく貧しい異国から祖国に帰ってみたが、そこはもう一つ別の闘いの世界だった。故郷の村は一変し、人々は多忙で、彼女を見向きもしなかった。

彼女たちの次の世代は、日本の物質的豊かさを目指して日本に来たいのだろうが、曽おばさんは違う。むしろ物が溢れて人情は薄い、今の日本に失望したのではないだろうか。彼女たちは、数十年も思い続けたふるさとで静かに老後を過ごしたいだけなのだ。しかし、今、曽おばさんはふるさとに帰ることもできず、中国でも平和な生活ができない。遠い日本にいてさえ私にはおばさんの悲鳴、嘆きが聞こえるようだ。

私は中国残留婦人は一つの試金石のような存在だと思った。彼女たちの辿った道のりと直面している現実に中国と日本のありようが問われている。過去の戦争とそれが残した問題にどう対処すべきか。戦後、日中両国が辿ったそれぞれの「文明」の道のりはどういうものかが問われているのだと思う。

戦後中国で始まった社会主義政権は、「無階級、無差別、平等富裕」の人類初めての文明社会を作ることを標榜し、階級を徹底的に消滅させるために、「階級闘争」を続けた。そして中国数千年に伝わる権力闘争が正当化され、毛沢東は劉少奇一人を打ち倒すために百万千万の若者を動員した。目的を達成した後は、政権を維持するため「愚民政策」を敷いて、また若者を農村に送り出した。人の無知につけこんで、政治への従順を「精神文明」と言い続けた。プロレタリア文化大革命は中国の文化、教育などを破壊し、社会の秩序や人々の心を荒廃させた。「愚民政策」により外国の情報が閉ざされ、外国に対する若い世代の知識は白紙のようになってしまった。

ところが今度は、いきなり開放政策が始まり、人々は好奇心を満たそうとしたり、中国での心理的な圧迫や疲労から逃れようとして、今のような出国ブームが起こった。しかし心の準備不足もあって、初めて外国の現実にぶつかった時、さまざまな心理的障害が生まれている。

こういう障害は一時的な政策によって生じたもので、今後中国の教育レベルが向上し、国際情報が自由化するにつれて解消するだろう。むしろ一歩先に経済大国になった日本が、いっそう深刻な問題に直面するのではないだろうか。

「日本の会社は戦後ずっと、追いつき追い越せのサバイバル競争を続け、経済の急成長を支えてきた。会社を社会の中心に据えたビジネス競争は、敗戦で壊滅した日本のもう一つの戦争だったと言える」。ある新聞がこう書いたように、競争原理が次第に普遍的で画一的な価値観となった。しかし日増しに進む工業化がもたらす自然破壊、競争とモノ、カネ万能の風潮が生み出す人間疎外や社会への無関心、ストレス、孤独など、私たちの地球環境や心身をむしばむ深刻な現象を前にしては、考えないわけにはいけないことが山ほどある。

残留婦人やその子女たちも、国際社会を見て、もう一度自分を見つめ直す必要があると思うが、日本の経営者たちも、予想を超えるスピードで国際化が進む新しい時代にあって、異質な文化や価値観などへの理解と寛容さが、そして地球的視野に立った発想の転換が求められていると思う。

こうしたことを考える時、私はイギリスの元自然環境保護団体（現・イングランド・ウェールズ緑の党）の議長ジョナサン・ポーリットのメッセージを思い出す。

「最初は、際限もない人間の要求から来る、有限の生物学的システムの危機と思われたのだが、実は人間の価値の危機に他ならなかった。人間は地球を支配することによって豊かになろうとしたが、それは地球、そして人間の精神をも貧しいものにしてしまった。今では、多くの人が、この危機に対処するには精神的価値の再発見しかないと固く信じている。より大きな恵みを得るためには、目の前にある『刹那的な喜び』以上のものを求める気持ちがなくてはならない」

私は残留婦人の一人である曽おばさんの当面の困惑を考えるにつけ、彼女の背後にこのように大きな問題が控えているような気がしてならない。私たちの心を傷つける、あるいは貧しくする巨大な「権力」や「しくみ」に直面すると、私たちは自分自身が卑小な存在に思えて、つい「しかたがない」という言葉を口にしてしまう。曽おばさんに同情を寄せても、手を差し伸べることがなかなかできない。

世界は広いのに、どうして一人の弱い老婦人が平和な老後を送ることのできるところがないのか。厳しい現実の前に、自分の力が小さいことはよく分かる。ただ「しかたがない」とだけは言いたくなかった。これも曽おばさんに私が教わった生き方なのか。これから地球のことや中国のこと、また曽おばさんのことなど、どんなことでも絶えず考え、反省し、もう一つの文明の道を探ろうと思う。

私の眼前にはいつも曽おばさんの姿が浮かんでくる。空港で身を縮めて泣きながら、出国ゲートに身を運ぶ曽おばさん。見送る春陽会の人々も「さようなら！　さようなら！」と一生懸命に手を振り、目に涙を溢れさせながら叫んだ。何が彼女たちを待っているのか、彼女のふるさとはどこなのか。彼女に、平和に暮らせるところはあるのだろうか。

エピローグ

私は「ノンフィクション朝日ジャーナル大賞」を受賞したことを、いち早く曽おばさんに知らせた。その手紙には、おばさんが長年私を心温かく育ててくれたことへの感謝と、作品として公になるおばさんの人生について、不都合な部分、公表したくない事実などがあれば言ってほしい旨を書いた。曽おばさんの不幸な人生に、新たな不快を加えたくはなかったからだ。

手紙と一緒に原稿の全文も送った。二週間後、曽おばさんから返事が届いた。それを読んで、再び心を打たれた（以下、曽おばさんの手紙は原文のまま。ただし日本人の名前は一部、仮名。〔　〕内は筆者による補足）。

「忠義さん、お便りありがとうございました。本の原稿も戴きました。お目出とう、よかったね。

忠義さんの気持ちを思い、一晩中ねむれなかった。ずいぶん苦労をしましたね、ご苦労様。長い間の望みがかなってよかった、よかったと一人で涙を出して、さけびました。これからは自分の希望の作家の仕事に生きられるのだから頑張って勉強してください。人生はまだまだ長いですから、外国で勉強するのは大変なことだけれど、この四年間の事を思えば、道が開けた様な気がしてきっと進みよい事と私は思う。おばさんは何もして上げる事のできない無学な貧しい人間、何時もすまないと思っているが、仕方がありません。中国語で『ウオノヘイ〔意気地がない〕』でせう。

自分の様な悲しい人間は戦争後大勢あるでせうに。私の様に世の中の誰かに知ってもらえる人は少ないと思う。皆忠義さんのおかげです。謝謝。肉親達に見捨てられ、嫌がられても誰かの人に知ってもらえると思えば満足です。

本〔の原稿〕も全部読みました。忠義さんの書いた物はおばさんの思っている様な生易しい事ではないとしみじみ感じました。やっぱり学問がなければだめね」

曽おばさんは快く支援してくれた。ただ、自分のことを世の中に知らせてもいいと許してくれた寛大さの陰に、一抹の寂しさがあるように感じられた。でも、私のこれからの道がこの作品によって開けるのではないかと考えて、公表を認めてくれたのだろう。おばさんの温かい心を思い、私は改めて感激してしまった。

曽おばさんの手紙はそれに続いて、私の原稿の中にただ一つ事実に合わないところがあると指摘していた。それはおばさんの妹、満子さんの話の部分についてだった。

「満子が貴方に話した事はあまり本当ではありません。そのことは今言っても仕方がないが書きます。

私が中国に来た年は二十三歳の秋でした。満子はまだ幼かった。

その頃、私は東京の荒川区西尾久の市内電車の駅の前のキラクという食堂で働いていました。今はその主人のおじさんはないでせう。みんな人が変わってしまい、この前初めて帰国したときは、おじさんの姪で私の同級生のとみ子さんが会いに来てくれました。今度は時間がなくて知らせなかった。

その頃、私の父と師を同じくする中村〔最初の結婚相手の獣医で、大陸で生き別れとなった〕の父が二人で話をして〔結婚と「満州」行きを〕決めてから帰ってくるようにと言う便りがあり、朝新宿から中央線で〔長野県にある故郷の〕M村へ着いたのは夜の七時、弟〔の芳哉〕が一人で迎えに来ていて、弟の話で満州行きを知ったのです。

家の借金の事など少しも知らなかった。その頃の自分たちは親の言う通りになっていて、小さい時から外人〔他人〕の家に働き、工場に働き通した自分がなぜ家の為にならなかったというのでせうか。姉は何時も言っていた、姉妹の縁の薄い仲なのだと。きっと今の自分は生活も悪いし、下目に見てつき合いたくないのでせう。私は何も知らなかった。姉妹、弟に便りしていたが、この原稿を見てから手紙を書く気にならなくなった。五、六日前、満子が芳哉さん達の代表で手紙をくれたが、〔返事を〕書く気になれない。世の中から見捨てられるのでしたらそれでよいのです。孤独に五十余年生きてきた。あと何年生きられるか、後の日はそんなに長くはないのです。孤独はなれているから耐えられます」

実の妹の話した内容が事実と違うことを知った、曽おばさんの悔しい気持ちがうかがえた。一九九〇年三月に私は満子さんを訪ねたが、その時満子さんから曽おばさんについて「家が借金を背負っているのに、知らんぷりをして中国へ行っちゃった」とか、「生活環境が変わったので、他の人に迷惑をかけることにこだわらない」と話すのを聞いた時、私はとても胸が痛んだ。家の借金のことを曽おばさんが知っていたか知らなかったかは分からないが、曽おばさんが平気で他人に迷惑をかける人だといわれて、信じられない気持ちだったからだ。

私は曽おばさんとの交際がまだ浅い方だが、もしも曽おばさんと親密に付き合っていた村の人たちがこのような話を聞いたら怒るだろう。曽おばさんは中国での数十年の暮らしで、とても他人のことに気を使っていた。いくら貧しくても、他人に迷惑をかけなかった。もしかしたら大陸風の遠慮ぶりと、日本の遠慮ぶりに差があるのではないかとさえ考えた。この手紙を読んで、以前からの疑問が少し解けた。

「好きで中国へ渡ったんだから、今となってはしようがないね」とか、「ちゃんと大人になって行ったんだから、自分で責任を持つ他はないね」――ここ数年、残留婦人のことに関係する中で、日本人から時々聞く言い方だ。確かに残留婦人たちの一人ひとりは、自分なりの事情があって中国に渡ったのだとは思う。でも少なくとも当時の軍国政府は、進んで「満州」開発を推奨し、宣伝した。曽おばさんの場合は、本人が知らないうちに親同士で決められ、中国へ渡っている。この時代、親が娘の結婚を決めたという風習が日本ではよくあったのかどうか知らないけれど、中国の田舎ではよく耳にする話だった。私たちはしばしばその事柄を歴史や環境と切り離し、目の前のありさまだけで事態を判断して、ものを言いがちなのだ。

この『曽おばさんの海』の元となる応募論文が掲載された朝日ジャーナル臨時増刊版が刊行された後、残留婦人や残留孤児の支援活動に長年取り組んでいる先輩から電話があった。

「いわゆる残留孤児、残留婦人の問題とは何なのか。みんな日本に行きたがる。最近は福建省の人たちが、ボートで命がけで日本に密入国する。いったい中国とは何なのか。中国人とはなのか。あなたの曽おばさんについての話を聞いて、考えてしまった。戦前、戦後を通じて日本からアメリカへ渡った日本人もいっぱいいるのに、その人たちはみんな日本に帰りたがらない。ところが中国へ行った人たちは、中国の政治や経済には未来がないから、みんな日本に帰ってきた。何といっても日本が豊かだから帰りたがるのだ。私はそう思う」

とても鋭い、素晴らしい問題提起をされて、私は答えに困った。残留婦人や残留孤児の他にも、日本に渡って来るたくさんの外国人に対して、日本人はよく「日本が豊かだから、みんな来たがる」と言う。そのせいか、世間の人は残留婦人の問題を、こうした中国人の密入国やイラン人の出稼ぎ、タイ女性の売春などの問題と混同しがちだ。

しかし私はこういう指摘を受けるたびに、大学に入ったばかりの一九七八年に見た日本映画『サンダカン八番娼館・望郷（中国では〈望郷〉）』を思い出す。貧しい農家の娘〝からゆきさん〟のサキは、家族を助けるためにボルネオで身を売りながらも、片時も故郷のことを忘れない。望郷の念にがられる彼女の姿を見て、私は曽おばさんのことを思った。その時から私は、曽おばさんの人生を書くことを志したのだった。

「日本もかつてたくさんの移民を送り出していた。その一方では、異国で春をひさぐ娘からの送金を、首を長くして待っていたたくさんの貧しい家族が日本にもいたわけだ」と、一橋大学名誉教授の田中宏教授は指摘している。

私たちは歴史的にものを見なければならない。かつて日本から出ていった〝からゆきさん〟やアメリカ移民、ブラジル移民たち、そして今日本に渡って来る〝ジャパゆきさん〟や出稼ぎ労働者、〝不法就労者〟たちはみな、歴史の一環として現れた問題である。私たちは、そこでの人間一人ひとりに差別意識を持ったり、嫌がらせをしてはならないだろう。しかし曽おばさんたち残留婦人が帰国を願うのは、また別の性格のものではないだろうか。それを、「日本が豊かだから帰りたがる」という図式で判断するのはふさわしくないと思う。

曽おばさんとの付き合いは二十年近く続いているので、私はおばさんの本当の気持ちを何度か聞いている。彼女はすでに五十年前から日本へ帰る夢を持っていた。だが、彼女たち残留婦人を中国大陸にとどめたのは経済問題などではなく、戦争そのものだった。つまり彼女たちの問題への認識の仕方こそ、前の侵略戦争に対する認識と戦後処理に対する基本姿勢の現れなのだと思う。残留婦人の問題については、もう少し高い次元で見てほしいと私は願っている。経済面からだけの見方は、我々の視野を狭くしている。

もちろん日本の皆さんの言うように、彼女たちはすでに年も取ったし、中国に根を下ろしてもいる。そのまま中国にいればいいではないかという考えも、分からないではない。しかし、現在の彼女たちを取り巻く環境に身を置いてみなければ、やはりその気持ちを本当に理解することはできないと思う。帰国するかしないかは、当事者に任せてほしい。これは彼女たちに残された、最後のわずかの選択なのだ。とても傍観者が口を挟める問題ではないと思う。

「すべての人間は自立すべきであり、他人に頼らず、迷惑をかけず」という資本主義社会が成熟する中で生まれたモラルは守るべきだ。しかし「みんなが幸せになるように、他人に手を差し伸べ助け合う」という人類を支えてきた基本理念を忘れてはいけない。この理想の実現は難しいが、諦めてはならないと思う。これは、曽おばさんから援助を受けた私の実感である。

今、曽おばさんの周囲の環境は変化しつつある。おばさんからの手紙で、最後にこういうことを知った。

「老李太太は去年一人で死んでいきました。孤独なおばさんはやっぱり一人ぼっちの運命なのです。亡くなる時は全然知りませんでした。後でリュウソランが来て話してくれました。いいひとか、悪いひとか、みんな懐かしいですね。いいことだけを覚えればいいです……」

ここまで読んで、とても気が重くなった。私が四年前に撫順に帰った時、曽おばさんは風邪をひいていたので、おばさんを市内に残して私一人で蓮島湾に訪ねていった。

そこでリュウさんと老李太太に会った。以前の曽おばさんの部屋は、今はリュウさん一家の物置になっていた。ちょうど季節は秋だったので、太陽が高く眩しかった。曽おばさんの旧屋の中は暗く、涼しく見えた。中で飼っている数羽の鶏が、繰り返しガーガーと叫んで飛び出して来る。屋根に住み着いていた燕もこの部屋を逃げ出す準備をしているらしく、急いで出入りしている。すべてが変わってしまったという感じがした。

リュウさんは孫二人の面倒をみていた。今は人民公社が解体され、みんな自分の畑が割り当てられていて、子供たち夫婦は野良仕事をするだけで十分食べていけるらしい。彼女はもう仕事をせず、三人の息子の子供たちの世話をしているという。一時間ほど立ち話をして、私はリュウさんと別れた。どうしても老李太太のことが気に掛かったので帰り道、立ち寄ってみた。以前の倒れそうな土壁の家と違って、道路脇に最近建った赤い煉瓦造りの家に変わっていた。

老李太太は一昨年、夫に死なれて独りぼっちとなっていた。一人で大きい部屋に住むわけにもいかないと思って、近所の若い夫婦にそこを譲ったという。その代わりに、少し日常の面倒をみてもらうというような約束をした。今、若い夫婦は庭の奥の方の大きい部屋に住み、老李太太を玄関脇の小さい部屋に住まわせた。彼女の毎日の楽しみは、窓を通して村人や馬車の行き来するのを眺めることだった。

老李太太は私が来るのを窓から見たのか、わざわざ迎えに出てきてくれた。いつもの色褪せた服を着ている。持病の喘息が重くなったのだろうか、腰が一段と曲がってきた。村の子供たちは外からの人なら何でも珍しいようで、すぐドアや窓を囲んで覗き込む。部屋には二畳のオンドルの他に何もなかった。彼女はその時も、郷政府からの援助金で生活していた。しかし布団も台所も見当たらない。どのように生活しているのか、不思議に思った。

少しでも助けになればと思って、私はポケットに手を入れた。探ったら、人民元が十元ある。これだけでも彼女の援助にはなるだろう。だが、みんなが見ている。このぐらいのお金では、堂々と出すのは恥ずかしい。後でチャンスを探そうと思い直して、話を続けた。何が困るかと聞くと、「やっぱり老曽太太《ライズインタイタイ》（曽おばあさんのこと）が懐かしい。今はおしゃべりに行く場所が、どこにもないもん」と言う。まるで老李太太は、この村に取り残された〝中国人残留婦人〟ではないだろうか。

その日は最後までお金を渡すチャンスがないまま、私は帰ってきてしまった。今、曽おばさんの手紙で老李太太が亡くなったことを知って、何か心に咎めるところがあった。私はあれこれ気を遣い過ぎて、人の助けになることを仕損なうことがよくある。それも、そのことはと言えば、ほんの些細なことなのだ。わずか一元でも、老李太太にとっては一日の生活の助けになったろうに。おまけにその一日は、彼女の残り少ない余生にはどんなに大切だったろう。

曽おばさんは今、撫順市師範専門学校の社宅に下の娘の恵栄さん夫婦一家と一緒に住んでいる。撫順市師範専門学校は、恵栄さんの夫の勤め先である。おばさんは中国の田舎でこの数十年間ずっと、生きるために死にものぐるいで闘ってきた。今やっと戦場から引っ越したようだ。美しい自然に恵まれた田舎が懐かしいと彼女は言うが、そこは老夫婦二人ではとても生き続けられない厳しい土地だった。しかし彼女は負けたわけではない。そこで得た何よりの実りは、娘二人を田舎から市内へ送り出したことだろう。必死で育てた恵栄さんとは、鉄よりも固い親子の絆で結ばれている。蓮島湾の村人たちと結んだ友情も厚かった。老李太太とはそれきりお別れになったけれど、リュウさんや老タン子がたびたびお見舞いに来てくれたという。

曽おばさんの波乱の半生を見てきた人々は、「彼女はどうして、日本を思いながら中国の大地に本意でなく根を下ろし、子供を産んだのか。一人ならいつでも日本に帰れたのに」と、不思議に思うかも知れない。じつは少年の時の私もそう感じていた。

先日、私の保証人の望月さんの奥さんから手紙が来て、こういう感想が書かれていた。「なぜ不本意なのに中国という大地に根を下ろし、子供を産んだのか。これはすでに女性の本能たる母性を全うしたということで、女性がなぜ強いかと言えば、この母性があるからであろう」

そうだ。曽おばさんは素晴らしい半生を送った。私は曽おばさんの人生からいろいろなことを学んだ。「人を差別してはいけない！　常に自分を見つめなさい！　いつも他人に温かい手を差し伸べなさい！　どんな不況や困難な境遇に陥っても、力強く生きていきなさい！」

曽おばさんは日本に帰らないと決心した。「中国の東北の土にこの身を埋めます」と言う。私は曽おばさんが平和で、幸せな余生を送れるように心から祈っている。遠く離れたこの島——日本で、私は時々西の空を眺めて、思いにふける。海に沈もうとする太陽を見るたびに、曽おばさんの姿が眼前に浮かんで来るのだ。

曽おばさんの長い旅は、まだ続いている。夕陽は、空に漂う雲と大地にしがみつく枯れ草を血の色に染める。曽おばさんは金色に輝く太陽に背を向け、東へ歩く。

「曽おばさん、お疲れでしょう。少しお休みになりませんか」

曽おばさんは振り返る。白髪が秋風に吹かれ、ふるえている。夕陽を映して、顔は紅に燃えているようだ。曽おばさんは、静かに私を見つめている。

「もう、おばちゃんのことを忘れて、しっかりとこれからの人生を歩みなさい」

と言っているようだ。彼女を思い悩ませ、おき火のように消えずにいる〝熱い思い〟が私の胸に伝わってきて、私は曽おばさんに手を振る。

曽おばさんは思いを断ち切るように、私に背を向ける。その小さな後ろ姿は、果てのない中国大陸の地平線に向かって小さくなっていった。

私の胸のうちは、張り裂けるようだった。

「曽おばさん、気持ちを強くもって、ひるまず歩き続けてください。心に焼きついたあの海が見えるまで……」

初版あとがき

「班さん、こんなに正直にいろいろなことを書いても、大丈夫?」と、朝日ジャーナル臨時増刊号を読んだ日本人の友人たちが心配してくれた。

正直にものを書き、ものを言うことのどこが間違っているのか。文章自体がいいか悪いかは別にして、正直に書きたいことを書けたという満足だけは感じている。中国では今まで政治、社会、経済に関係することなどは、あまり正直に書いたり、言ったりすることができなかった。社会的に相当の言論の自由が保証されている日本でも、上下や内外(日本人と外国人)の関係に制約されて、または他人のことに気を使いすぎるため、あまり正直にものを言えないことがあるようだが、これは困る。

最初に言葉ができた時、恐らく人間はみんな正直にものを言っていたに違いない。それこそ人間本来の純朴な〝赤心〟である。それが、社会の発展につれて複雑な権力構造や利害関係などができて、だんだん正直にものを言わなくなった。正直にものを言わないと、社会は混沌としてきて、すっきりしない。そんな社会は発展しない。中国の政治、経済の立ち遅れる原因の一つはここにあるのではないかと思う。

この作品は日中両国の歴史と現在、とくに過去の戦争に深く関係している。重いテーマであるだけに、どう書けばいいのか慎重に考えた。そして結局、私が知っていることや聞いたこと、また自分の考え方や見方を正直に書く他はないと思った。もしも正直にものを書いたために非難を受けたり、〝不幸〟を招いたりすることがあるなら、私は喜んでその事態を引き受けよう。と同時に、皆様からの批評や批判については心からお願いしたい。

この原稿を書きながら、三七年前のある出来事をたびたび思い出した。日本の民間団体「中国に日本語の本を送る会」が初めて、中国人による日本語作文コンクールを開催した時のことだ。当時、私は黒龍江大学日本語学部の二年生だった。「班くん、書いてみたら」と、このコンクールの応募を勧めてくれたのは、日本語学部に外国人教師として静岡県から招かれていた内海忠治先生だった。締め切りまでにはあと一週間しかなかった。

私は「曽おばさん」のことを二、三日間で書き上げた。しかし原稿を日本に送る直前になって、ためらった。残留日本人である曽おばさんのことを外国に知らせていいものか。国や政府、学校の指導者から何か聞かれたら、どう答えたらよいのだろう。大学に入ってまだ一年ほどなのに、一つ間違いをしただけで、これからの人生は全部だめになるかもしれない。——考えれば考えるほど自信がなくなった。両親もそばにいないし、こうしたことに明快な答えの出せる友達もいない。考えあぐねて私は、学部の劉教授の自宅のドアを叩いた。すでに夜の十時をまわっていた。

劉教授はびっくりした様子で、私を迎え入れた。もうベッドに入っていたらしく、パンツと肌着一枚の姿だった。私は事情を説明した。教授はすぐスタンドの明かりをつけて、老眼鏡をかけ、原稿を読んでくれた。しばらくして、「さあ、どうかな。ちょうど最近のことなんだが、ハルビンの『百花園』という雑誌が、ソ連に関する何かを掲載したので発行停止になったのを知ってるかい。これも外国に出すものだから、慎重に考えた方がいいよ。私の意見だが、今度は見送ったらどうだい」と沈んだ声で言った。私は冷水を浴びせられたような気がして、すっかり落ち込んだ。

翌日、内海先生のところに原稿を出すのをやめにしたと言いに行った。先生が理由を聞くので、「曽おばさんのことをそのまま外国に出して、何かあったら怖い」と私は答えた。すると先生は「それは事実でしょう。正直に書くのが怖いのなら、これからはものを書くことをやめなさい」と私を厳しく叱った。その後は、いくら考えても解決策が見つからない。これは自分で判断するしかないと覚悟して、思い切って原稿を日本に送った。

二ヵ月後、日本から大学に知らせが来て、私の作文が最優秀作品賞を受賞したことが分かった。学部の先生と学生たちみんなが、とても喜んでくれた。その時から私はもう一回、曽おばさんの人生を詳しく書こうと志した。少しずつ曽おばさんの手紙や話、さらに関連する資料を集め始めた。

一九八七年四月、私は日本に留学できた。これから日本で曽おばさんのことを書き、日本の皆さんにおばさんのことを知ってもらおうと思った。ところが、日本での留学生活はそんなに甘いものではなかった。

私は国から一銭の援助もない私費留学生なのに、実家でも全く金銭的な支援ができない。日本人の友人たちの有り難い支援はあるものの、学費や生活費は自分で稼ぐ他はなかった。つまり〝出稼ぎ留学生〟にならざるを得ない。それで、曽おばさんのことを書こうと思いながらも、勉強やアルバイトなどにだいぶ時間を取られ、手がつけられないまま三、四年経ってしまった。

その後一九九一年に、修士課程を修了して一息ついた時、友人が朝日ジャーナルでノンフィクションの作品を募集していると知らせてくれ、今度こそ書こうと決意した。しかし、時間はどこから作るのか。アルバイトをしなくては生きていけない。食べることは減らせても、家賃を払わないでアパートから追い出されたら、どこで書いたらいいのか。書き始める前に、大家さんと相談しなければならなかった。

「いいよ。君のことだから、出世払いでいいから書いてください」と、大家さんは温かく言ってくれた。その時からまる四ヵ月、部屋に閉じこもって日夜書き続けた。書き終えてから、五ヵ月分の家賃をいっぺんに払いに行った。常識外れのことだし、大家さんに大変迷惑をかけたので、感謝の気持ちを込めて一万円余分に入れた。後に「ノンフィクション朝日ジャーナル大賞」を受賞したお祝いとして、大家さんからは二万円を頂いた。本当に大家さんには大変お世話になった。

受賞作が載った朝日ジャーナル臨時増刊号が出てから、日本人や中国人の友人が「班さん、すごいね！　日本語が上手ですね」と褒めてくれる。私はいつも「ちっともすごいことはないよ。日本語も上手ではありません」と答える。それは、たくさんの日本の方々の支援のおかげだし、一生懸命に曽おばさんのことを書きたい、日本の皆さんに伝えたいという気持ちが通じただけのことだと思うのだ。

言葉はあくまでも道具にすぎない。重要なのは、何を書きたいのか、伝えたいのかというテーマへの意気込みであり、さまざまな困難を克服する精神力を持つことだと思う。

この本を書こうとした私の最大の願いは、中国で暮らす残留婦人のことを一人でも多くの人に知ってもらいたい、理解してもらいたいということだ。日中間の戦中、戦後の歴史のために、彼女たちに残された時間は少なく、今まで救える道はほとんど閉ざされていた。この女性たちこそ、今も続いている〝日本側〟の戦争犠牲者である。今となっては、彼女たちを本当に救うすべはもうないのだろう。生きているかぎりこうした戦争の被害を受け続ける不憫な女性たちの存在を、せめて歴史の上に残して、次の世代に知らせるべきだと思う。

私が曽おばさんのことを一番伝えてあげたいのは、日本の若い人たちだった。しかし、数十年日本に滞在してみて、これはちょっと無理だと自覚した。日本では過去の侵略戦争について、若い人たちに事実をありのままはっきりと教えているとは言えないからだ。若者たちも目の前の幸せや楽しみ、そして受験戦争などに気を取られて、つい昨日のことでも（戦争もそうだが）遠い昔の出来事のように分からなくなり、忘れかけている。

八月十五日の戦没者追悼式という年中行事だけを通して戦争を見るなら、ついには自分だけが戦争の犠牲者だと思い込み、今でも中国で思い悩んでいる残留婦人や、二千百万人といわれる中国人戦争犠牲者のことは忘れられてしまうだろう。

「過去に目を閉ざす者は、現在でも盲目である」と、ドイツの政治家は自らの国家が過去の戦争で犯した「罪」について語っている。日中両国の間に起こった過去の不幸な歴史に対して、はっきりした正しい認識を持たないかぎり、真の日中友好は来ないと私は思う。

臨時増刊号を読んだ読者の方から何人も、『曽おばさんの海』というタイトルだけど、その『海』ってどういう意味ですか。おばさんが住んでいる中国東北部には海がないのでは」と聞かれた。私は「海があります」と答える。それは単に、曽おばさんを中国にとどまらせ、どうしても越えられなかった自然の海の存在だけではない。私たち日中両国の人々の間に、考え方、慣習、価値観、人生観などの多くの面で大きく異なる、あるいは越えがたい海のようなものがあるからだ。

それは前に触れた、日本人の自立精神と中国人の寛容思想、日本の会社中心主義と中国の家族中心思想というような生易しい面だけではない。もっと多くの隔たりや落差が、両者の間には存在する。それが今、日増しに増えている日中間の人的、物質的な交流の中で、さまざまなトラブルとして表面化している。

ある日本の経済人が、日中ビジネス交流の上で現れた現象をこう指摘した。「中国人は日本の物が好きだが、日本人が嫌い。日本人は中国文化が好きだが、中国人が嫌い」。どうして物と文化が人間から遊離してしまい、肝心の人間同士がお互いに嫌いになったのか。このことは、現在の日中間に存在する深刻な問題の一つだと私は考えている。

〝近代化された〟日本人は、すでに昔の日本人ではなくなっているようだ。九州にいる日本人の知人は「経済の急成長は日本人の〝成り金根性〟を募らせるばかりで、日本人の心を貧しくした」と嘆いている。一方、今の中国人が、昔の伝統文化の中で生活する中国人ではなくなるのも当然だろう。プロレタリア文化大革命のような文化破壊は、中国文化の〝輝かしい〟部分を革命しただけで、その糟粕の部分には何も触れなかったため、そのまま中国人の中に沈殿した。そのうえ社会の公正や正義などは、今まで強権政治の巨大な権力と衝突して、すべて挫折し曲げられてしまった。こうした独裁政治が続くことによって、人々の心まで歪められてきた。

こうした背景が変わらないまま、現在は日中高官のやりとりやビジネスマンの商売だけが盛んになっている。このような日中交流なら、結局は日中両国の間を隔てる「海」を広げていくばかりである。両国民の間に本当の相互理解を構築し、友情を深めるためには、考え方や思想文化の交流、市民レベルでの心と心の触れ合いなどをもっと盛んにすべきであるご一つの国を隔てる日本海　の上に、もっともっと多くの架け橋を渡さなければならない。もしもこの拙文が、日中両国民の相互理解を進める上で、架け橋のほんの脚一本の役割でも果たせれば、私にとってこの上ない幸いである。

最後になってしまったが、私の拙文を批評してくださった方々――訪日する前から親しくお付き合い頂いている山崎朋子先生をはじめ、本多勝一さん、立松和平さん、田原総一朗さん、嵐山光三郎さん、朝日ジャーナル編集部の皆さん、単行本にするに当たってお世話いただいた書籍第一編集室の角田暢夫さん、そして私のわがままを聞いてくださった大家さんの安井昌子さん、日本留学を実現させてくださった保証人の望月光子さん、日本語の文章を見てくださった留学生相談室の福島みち子さん、友人の今野とし子さん、さらに私が日本に五年間も留学できる機会を与えてくださった多くの日本の皆様に、心から感謝の意を表したい。

一九九二年十月二十日

東京にて　班　忠義

再刊あとがき――曽おばさんとの出会いによって開かれた世界

『曽おばさんの海』刊行以後

一九九五年、曽おばさんが二人の娘とその家族を連れて日本に永住することが決まった。大阪の尼崎に居を構えた彼女に、私は一度、会いにいった。木造のアパートに住み、ホッとした曽おばさんの様子を見て、私はこれまでの努力が一つの終点に辿り着いたという確かな感触を得た。

私はこの年の八月から中国山西省で、かつて「慰安婦」と呼ばれた女性たちの調査を始め、以後ほぼ毎年、中国に戻り、各地で取材を重ねた。

そして二〇〇八年以降は香港経由で中国に行き来することになった。中国北東部での取材の場合は遠回りになるのだが、それでも香港経由にしたのには理由がある。

中国の言論統制は厳しい。日中戦争の歴史調査であれば、公表しても政権に害がないと政府当局が判断すれば大丈夫だが、日中戦争後の、いわゆる共産党新政権樹立後のことを調べるのはかなりデリケートな取材になる。取材したい相手が監視下の人物ならば、取材は禁止される。そしてそういう取材をしたことが発覚すれば、中国にいるかぎりどこにいても自らの身に危険が及ぶことを覚悟しなければならない。

日本に戻るには必ず中国の空港を通ることになる。そこで飛行機を待つのだが、本当に「重要」な取材ができた時は、そうした待ち時間も安全ではない。取材を終え次第、一刻も早く安全地帯に入ることが先決である。

その場合、警察がこちらのそばに来て身元捜査ができない香港は、安全な場所となる。深圳という街は香港にわたる中国側の玄関口で、香港とは河一本で隔てられている。河幅は大体二〇〇メートルで、中国の税関を出るとそこに十メートルくらいの幅の橋が河に架かっている。中国と香港の境界線といっても、その橋の真ん中に引かれた幅約五十センチメートルほどの線である。

しかし間違いなく「独裁と法治」「危険と安心」の分水嶺であり、一歩、そのボーダーラインを超えると本能的に「良かった……」と叫びたくなる。これは政府に監視されている人物と接触した場合や、あるいは自分自身が監視されている人なら誰もが感じる開放感、そして安心を感じる瞬間である。

しかしこういう建前のもと、中国政府が香港に手を伸ばせなかったのは胡錦濤の時代までで、習近平の時代になると彼の暴露本を出版予定の会社の社長や幹部五人の身柄を、公安当局は香港で捕縛している。また、中国のある指折りの資産家は腐敗疑惑があるという理由で香港の高級ホテル内で拘束、本人の頭に袋をかけて連れ出し、飛行機で北京に連れ戻すという出来事も起きている。こうしたことはこれ以外にも複数発生しており、香港社会に大きな衝撃を与えている。

二〇一九年——激動の香港

二〇一九年は香港によく出かけた。香港の民主化を求める運動をこの目で確認しようと思ったのである。

香港人は自分たちの投票で、中国の特別行政区である香港の首脳を選びたいと十七年間にわたって交渉してきたが、今に至るも実現していない。二〇一四年に行われた投票では七十万の香港人が直接選挙を希望し、有名な雨傘運動を行ったが、香港人の願いは空しく抑えこまれた。

さらに二〇一九年二月十三日、香港政府は「逃亡犯条例」の改正案を発表した。この条例の新しい要項によれば、香港で法律を犯した人を中国に引き渡し、中国国内で裁くことが可能になるという。

香港人は、この改正案は香港の最後の牙城を攻めるものとして必死の阻止行動に出た。大規模デモを主催してきた民主派団体「民間人権陣線」が組織した六月九日のデモには、主催者側の発表では一〇〇万人が参加。香港人が心から発した叫びは、暑い夏から冬にかけて、その悲鳴、願い、祈りとともに全世界に報道された。

香港人は最初、普通選挙を含む五つの要求を掲げて毎週のようにデモ行進で訴えた。八月に入ると「光復香港、時代革命（香港を取り戻せ、時代の革命だ！）」と叫んだ。大陸の政治構造は確かに時代遅れで時代革命が必要だ。

デモに参加している香港人たちは若者が多かった。シュプレヒコールは毎回、香港に駐屯する中国政府の部隊の本部か、香港駐在の中央政府の代表部前で行われた。デモが終点に着き、中央政権の役人のいる建物に向かって腕を振りあげ、声をあげるが、建物の中から応える人は誰もおらず、デモ隊の方を見ている人もいなかった。

民主社会なら、たとえ票取りのためであったとしても、政治家の一人ぐらいは出てきて面会するだろう。選挙の自由のない香港は、ここが民主国家と大きく異なっている。

十二月に入ると、若者たちの顔には、焦り、無力感、それでも訴えを放棄したくないという複雑な感情が現れていた。そして多くの若者たちが掲げるプラカードの言葉が更新された。「天滅中共」だ。「天」は中国語で神や人間の力を超えた存在を指す。「神よ、この巨大政権を滅亡させてくれ!」ということになる。

中国では共産党指導部、軍隊、警察、そのいずれもが習近平ただ一人の声を聴く。誰が、どのような方法で、習近平と数百万の軍隊、一億人近い共産党組織を滅亡させることができるのか。香港の若者たちが掲げた「天滅中共」という四文字のプラカードを眺め、私は自身の中に無力感、同情心、猜疑心がわき上がるのを感じていた。しかし同時に、現地の若者たちと同じ焦燥感、嘆願の思いに駆られながら、デモの若者たちと一緒に対岸の香港島にそびえ立つ高層ビル群の光を背にしながら、最後の力を振り絞って九龍の方に歩いていった。

年が明けて二〇二〇年になり、飛び込んできたのが中国武漢で今までにない新型ウイルスが発生したというニュースだった。その瞬間、香港の若者たちのスローガン「天滅中共」が目の前に浮かんできたのだが……。

一九八〇年代の香港

初めて香港に行ったのは一九八八年の夏だった。同年春に上智大学の大学院に合格。一年間の聴講生、研究生を経て正式な院生になったので、日本に留学して初めての成果を故郷の家族と曽おばさんに報告するため、私は中国に帰ることにしていた。

私はその時も遠回りになるが香港を経由して、汽車で広州、北京、瀋陽を通して撫順に帰った。当時は高速鉄道もない時代で、三泊四日かかった。香港には日本から中国への帰国時に経由するという理由でなければ入れず、日本留学が世界にはばたく玄関口だったことは間違いなかった。できるだけ未知の世界を知りたい気持ちに煽られての、長く、しかし楽しい旅だったことを覚えている。

香港の印象は良かった。中国大陸と全く違い、「味」のあるところだった。アジアでもない。勿論、イギリス本土でもない。しかし西洋の雰囲気も感じられる。ひと言で言えば、半分ヨーロッパ、半分中国南方という感じだった。

社会全体もヨーロッパの雰囲気だった。当時、中国にはテレビも普及していなかったが、香港の街角では店に置かれたテレビから世界の最新情報が流され、開放的で自由な雰囲気に満ちていた。政治体制には、太平洋戦争時に日本軍が占領した数年間をはさみ、一五〇年近くにわたりイギリスの植民地であったことの影響が感じられた。

印象的だったのは、人口密度の高い地域なのに狭い街頭でも清潔で、整然としていたことだ。そして住民は見知らぬ人にも優しく、親切だった。ある時など、電車の乗り降りで迷っている私の姿に気付いて、一度、通り過ぎたのにわざわざ戻ってきて教えてくれた三十代の青年がいた。その時、私は中国も香港のように清潔で、平和で自由な、そして人に優しい社会だったら……そう思わずにいられなかった。私自身はそんな環境と社会を求めて日本に留学したのだが。

私が初めて香港を訪れた一九八八年は、中国では一九七八年のいわゆる「改革開放」から十年目を迎える年だった。改革開放とは、鄧小平の指導体制の下、中国共産党第十一期中央委員会第三回全体会議(一九七八年十二月)での提出を機に開始された、中国国内体制の改革と対外開放政策のことである。政治的に共産党部署と政府部門の役割を徹底的に分離する試みであり、透明政治というスローガンが合言葉となっていた。

香港を出た私は汽車で内陸の広州に入った。雰囲気は香港より立ち遅れている感じだったが、希望をもって奮闘していることを、自分の目と耳で体感することができた。列車の中も堂々と雑談ができる雰囲気であり、三日間の硬い座席に座っての旅でも、ひどく疲労感を感じることはなかった。国全体が明るく、どの人の顔にも希望が満ちている様子が見てとれた。

故郷の撫順に戻って両親のもとで二、三日過ごした後、すぐに曽おばさんの家へ向かった。日本語の指導をしてもらったお礼はもとより、香港や中国南方の町の様子、何より曽おばさんの母国、日本の最新情報を土産話として伝えたかったのだ。

曽おばさんは非常に喜んでくれた。当時、テレビが普及していなかったこの田舎の村では、私が伝えた情報も結構、価値のあるものだったのだ。

天安門事件が人生の方向を変えた

その後、日本の大学に戻った私は自分が生まれた故郷と祖国が香港や日本のような町・国になるにはどうすればいいのかをテーマとして研究を進めていた。それは研究テーマであるとともに私の夢でもあった。

しかしその翌年、一九八九年六月の虐殺が私のすべての夢を打ち砕いた。

その二ヵ月ほど前――。一九八九年四月十五日の夜だったと記憶しているが、大学の仲間と食事をしていた時、中国共産党元書記長の胡耀邦が死去したという情報が店のテレビで流れた。

彼は共産党の幹部の中では最も正直で廉潔な人物だった。学生の民主化要求に対しても理解を示していた。開明的であり、寛容であったからこそ、彼は失脚したのだ。

共産党が彼のような立派な指導者を失ったら希望が無くなるだろう。彼が失脚した時に私が抱いたのはそうした落胆だった。死去の報を聞いた私は、目の前の風景が暗転してしまったと感じるほど衝撃が大きく、悲しみに包まれた。

同時に嫌な予感も湧いてきた。

翌日から、北京の大学生たちは胡耀邦の死を悼んで天安門広場に集まり、追悼イベントを開き始めた。当時、私は大学院の修士課程二年目で、この年に修論を提出して博士課程へと進むはずだった。しかし祖国の前途が混迷を極めているこの時に自分のことだけを考えていていいのか……私自身も何かしなければならないのではないかと感じていた。どんなに微力でも、僅かでもいい。祖国の歴史の肝心な時期に資するには何をすればいいか。何ができるか。

私は日本にいる中国人留学生を集めて小さな記念会を行うことを考えた。私が知っていた留学生の組織は、大使館とつながりのあるような学術研究会だった。私はその組織の事務局の女子留学生に連絡を取り、「在日中国人留学生の有志で胡耀邦を悼む集いをしたい」と電話口で伝えた。しかし先方は無言のままである。私の提案は全く予想もできないことだったらしく、「なぜ、そんなことをやりたいの？ 協力はできません」と、すぐに電話を切られた。胡耀邦については、海外に留学している学生・学者の中でも評価が厳しい。体制派の影響が隅々まで浸透していることを改めて感じた。

私は立教大学の近くにある、かつてよく通った聖公会の教会を借りた。そして知るかぎりの在日中国人留学生を集めて「胡耀邦追悼・五四運動《ごしうんどう》七十周年記念」というシンポジウムを開いた。

五四運動は、第一次世界大戦の連合国とドイツの間で締結されたヴェルサイユ条約（一九一九年）の結果に不満を抱いた抗日・反帝国主義の学生運動であり、民主主義と自由を求める思想運動だった。五月四日に始まったことからこの名で呼ばれる。

ヴェルサイユ条約では民族自決の大原則が謳われたが、独立を達成できた東ヨーロッパ諸国に対し、アジア・アフリカの諸民族については事情は異なっていた。日中間で言えば、第一次世界大戦勃発後、日本が中華民国に突き付けた対華二十一カ条の要求（一九一五年）によって得た権益などは、手をつけられることがなかった。

前述のシンポジウムの参加者は十二名だったが、学生ばかりではなく、『中国青年報』（一九五一年に創刊された中国共産主義青年団の機関紙。文化大革命により一九六六年から十二年にわたり停刊。一九七八年に再刊した）の優秀な記者や、日本で活動する古参の中国反体制組織のリーダーも参加した。会議では二人ほどが講演した後、国内情勢の検討に入った。

学生たちの民主化運動は全国に広がっていた。国内の知識人、マスコミも積極的に参加。北京では四月に学生や市民ら一〇〇万人がデモと集会を行った。上海の改革派の新聞『世界経済導報』は胡耀邦の追悼特集として民主化の推進を呼びかけ、学生の行動を支持する記事を掲載。同紙は当時の上海市の書記長を務める江沢民によって発行禁止とされた。また、学生運動に共感を示した趙紫陽総書記は鄧小平の鎮圧路線に反するものとして失脚した。

中国では民主化運動が高まっているのに、我々は東京で記念式の集まりをして終わるのか、さらなる行動を起こして国内の運動を盛り上げていくのかが、シンポジウム会場では議論の焦点の一つになった。

私たちは二つの行動を起こすことを決めた。

『世界経済導報』が掲載した民主化を求める記事をシンポジウム参加者の全員が支持する署名を行って、同紙本社に送ること。そして私たちは北京の学生運動を応援するために日本でデモを行うこと。その二つである。私たちはその場で文章を書いて署名し、『上海経済導報』にファックスを送った。そしてデモの日にちを決めた。

興奮と緊張の一日だった。これで中国の政治に関わるのだ、と。幾らかの不安もあった。しかしこの学生運動が成功しないと中国は正しい軌道から逸脱し、さらにおかしな国になる。十四億の人口をもつ大国が方針・基本理念を間違うと、中国だけではなく世界に害を与えることになる。その思いから、堅い意志をもって海外での運動に参加することにしたのである。

人民内部の問題か敵我問題か

五月初めの週末。午後一時に六本木のある公園に集まり、デモをそこからスタートした。当時はまだ携帯電話やメールといった通信手段がなかったが、デモ当日には次々に中国人が集まり、数千人、そして数万人の規模になった。海外にいる中国人の民主化への憧れ、民主化を切望する熱意が伝わってくる。全世界の中国人がこのように動き出したことだろう。その日の東京の空は、私にはどこか青々と感じられたことを覚えている。

毎日、かじりつくようにしてテレビの情報を見る。朝、起きるとすぐに新聞を読む。天に向かって叫びたい日々だった。もし神がいるならば、中国を守ってください。あなたの力で最高指導者である鄧小平の心を変えてください。学生の要求に応えて、中国を立派な制度の国に変えてください――毎日のように、そう祈った。

六月四日付『朝日新聞』朝刊の一面は、顔から血を流す若者たちの写真で占められていた。中国政府は武力により、天安門広場にいる学生たちの抗議行動を鎮圧したと報じていた。とうとう一番望ましくない事態になった。すぐに私は行動を起こし、同じ怒りをもっている中国人留学生たちとデモを行った。しかし泣いている人もいて、デモには元気がなかった。

デモが終わった後、当時、飯田橋にあった留学生寮「後楽寮」に多くの学生たちが集まった。今後のことを話し、方針を決めるための集まりだった。一番大切なのは中国の現場の情報である。それぞれがもっている情報を大声で話す。その時、一人の留学生が次のように発言した。

「今日の情報です。党中央は、今回の天安門広場の学生の行為を、はっきり反革命暴乱と『定性』したようです」

「定性」という中国語は性質を決めるという意味だが、中国人ならば誰もがこの言葉の重みを知っている。これは裁判所の判決よりも重要なのである。あらゆる大衆運動や公の騒動は、共産党中央の判断により、その性質が大きく「人民内部問題」か「敵我問題」かに分けられる。前者の人民の内部矛盾と「定性」されれば、話し合いで解決するなど、処分が軽い。しかし敵我矛盾であると「定性」されると、「お前が死ぬか俺が死ぬか」という重罰に処されることになる。

皆そういうことを知っているから、反革命暴乱と定性されたと聞いて動揺したのだろう。その瞬間に、半分ぐらいが次々に後楽寮のロビーを出て帰ってしまった。残った数十人で話し合い、団結して抵抗を続けようと、「在日中国人団結連合会」を設立し、私は監査役になった。こうした日本の情報は何らかの形で中国に伝わる。まもなく私の中国の実家から連絡があり、「しばらく家に戻らないで。警察があなたのことを聞きに来たから」という。

民主化運動が弾圧され、デモを組織し、参加することができない状況下で、私はとにかく大学の修士論文の完成に集中することにした。そして一九九一年春に修士号を取ったものの、私は途方に暮れていた。大学で専攻していたコミュニケーション学としての新聞研究への熱が冷め、目先を変えようと東京大学の宗教社会学のゼミに入った。

私の興味は、中国の政治・歴史と人間社会のあり方へと移っていた。ちょうどそんな時に『朝日ジャーナル』の募集があり、本書の元となる文章を応募することになったのである。

そして一九九二年末、天安門事件から三年経って、私はようやく故郷に戻ることができた。『曽おばさんの海』が第七回「ノンフィクション朝日ジャーナル大賞」を受賞し、いろんなメディアで取り上げられた。ラジオ短波はドキュメンタリー番組を作りたいので撫順の現地で曽さんを訪問し、その一部始終を番組にしたいという。すでにコーディネータが中国側に連絡済みで、地元政府は私の帰国を歓迎する意志を示しているという。

天安門事件後の中国に戻ってみて私が感じた変化は、北京の中心街で夜十時を過ぎても大通りの真ん中にライトをつけて働く人々の姿だった。日本ではよくある道路工事だが、天安門事件前の八十年代半ば頃までは、こんな時間まで働くのは事務所仕事にかぎられ、野外で照明をつけて働く人々の姿は見かけなかった。

飛行機の便も増え、夜十時過ぎに到着した瀋陽にも多くの人がいた。空港は何倍にも拡大され、新しい場所に移っていた。そこは以前、果てしなく広がるコーリャン畑だった。しかし空港が移されたのにともなって高層ビルが林立し、迫力のある景観を作り出していた。生活は便利になり、高層ビル群からなる街並みはネオンも綺麗で、大通りは剣のようにまっすぐ整然と並んでいる。

しかし、裏切られた思いが頭をよぎる。こんなところに広いマンションを二つか三つでも持てば、それがもう一つの共産主義だというのだろうか。こういう環境を与えれば、人々から文句は出ないだろう――独裁者のそんな思惑が透けて見える。

中国に現れた「権貴」という新たな階層

ラジオ短波のドキュメンタリー番組では前述の通り曽おばさんを現地訪問し、いい取材ができた。その番組は「第十二回放送協会優秀賞」「第三十五回ギャラクシー優秀賞」などさまざまな賞を受賞した。

私はその後、戦争性暴力の被害者である慰安婦の調査や、雲南の少数民族の貧困学生の教育支援などを行いながら、中国を東西南北に走り回っていた。中国各地で私が見たのは、ある一文字の漢字で象徴される世界だった。それは「拆」という字である。意味は「壊す」。建築で言うと解体だ。天安門事件以降、中国は沿海地域での外国製品加工業の増進とともに、各地でインフラの整備を進めていた。これは事件を経て共産党政権が編み出した「錬金術」だろうと私は考えている。「解体」の過程で中国社会にはっきりと姿を現したのが「権貴」と呼ばれる階層である。「権」は権力者を、「貴」は貴族を示すが、つまりは鄧小平以下、共産党幹部の血統をもつ者たちである。彼らのネットワークが土地の開発・販売を一手に握り、その利益を分け合っているのだ。

天安門広場で座り込みをしていた人たちはこうした社会の到来を予想し、必死に抵抗した。長安街を走った戦車は、自らの体をもってバリケード封鎖をした学生と市民を銃で掃射し、抵抗する者たちを一掃した。

権貴階層は闇で土地を売買して建設計画を立て、高層状宅を建てた。農村から出てきた建設労働者にわずかな給料を払い、利益の大部分は海外に持ち出して先進国で高級住宅、高級車を購入する。共産党の地元幹部や土地の元々の住民は権貴から受け取った「手当」で広い家を得たので、彼らから大きな不満が出ることはなかった。

こうした事態が進行する中で、自然もまた取り返しのつかない被害を被った。どこの町でも建設ラッシュが起き、高速道路、高速鉄道の敷設工事が進んでいた。

これらの建設には木材、砂、石、鉄鋼石など莫大な原材料がいる。国内の山や川、森林が破壊されるとともに、原材料の調達のため、東南アジアやアフリカの経済力の弱い国々の自然にも破壊の爪痕が残されることになった。

前述の通りだが、私は中国の奥地に入り、慰安婦と呼ばれた女性たちや雲南の少数民族の学生たちの取材を進めていたが、空港を出て田舎に入っていくと、半分が削られた山、ごみ捨て場と化した自然が私の眼前に広がっていた。そしてそれら破壊された自然は、繁華で華やかな高層ビルやショッピングモールの下敷きになってゆくのだった。痛ましい変化だった。

中国共産党の権貴たちは祖国の同胞を愛することなく、血縁のある一部の者の利益を図って自然を破壊し、ここを破壊し尽くしたら別のところへと移動した。権貴たちのエゴの氾濫と横溢は、これを黙認し、是認した世界各国の政治家、企業家との利害・共犯関係があってのそれであることも明白である。この破壊行為は、どのような教訓として私たちに返ってくるのだろうか？

そしてこうした大陸資本は洪水のように、「天上」と「地上」から、民主的で自由度の高い香港に押し寄せていった。「天上」というのは権貴であり、彼らは小切手をもって飛行機で香港に進出した。「地上」というのは一般市民である。彼らはスーツケースをひっぱり、亜麻袋を持って、鉄道で香港に流入した。

香港はこうして大陸化されていった。エスカレートしたのは二〇一〇年のオリンピック以降だろう。特に大陸に近いエリアの駅では、香港へ買い締めにやってきたブローカーたちの姿とともに、大勢の中国の農民、一般市民が長い列を作っているのが見られた。どの人も大きな荷物を持ち、一大部隊をなしている。一般市民では四十代、五十代の婦人が多く、毎日のように爆買を行う。中国本土の商品の質が悪いから、香港の良質なものを袋いっぱいに買い込んで持ち帰るのである。これはショッピングモールや駅の出入り口、ホームに群らがって移動する、中国内陸でよく見かける風景の、香港における再現だった。

こういう運び屋の民の姿は、昔の穏やかで秩序のある香港の街並を壊していた。私が初めて訪れた三十年前に見た半中国・半ヨーロッパの姿はその影もなく、中国のどこかの街角のように感じられた。そして香港人の生活環境も壊されつつあった。

市民レベルの小ビジネスはいわゆる行商ビジネスの一環である。が、権貴たちは香港で土地を買い、マンションを買い占め、定住もする。大陸エリート階級である彼らが香港に移住までしたのはなぜなのか。

実は彼らも香港の自由な環境がほしいのだ。大陸の中で独裁政権のために働く一方で、民主と自由はいいものだと、彼らは誰よりもよく知っているのだ……。

最後に

私の思考も感情も、日々、揺れ動いている。

そんな私を根底で支えてくれているのは、曽おばさんとの出会いである。

歴史を遡り、忘れられた記憶を記録すること。歴史的な瞬間に立ち会い、自分が生きている時代を記録すること。それらを後世の人間と社会に向けて残すこと。傷ついた人たちの声なき嘆願の声を伝えること――。

これが、私が曽おばさんと出会った意味であり、曽おばさんから与えられた使命だと思っている。そして本書が現代に生きる新たな世代の人たちに読まれることを切に願っている。

最後になったが、本書の再刊を快諾してくださった朝日新聞出版の方々、いつも私の活動を支援してくださる山田征さん、野呂喜代子さん、そして本書に素晴らしい装画を描いてくださった直井恵さん、直井さんを紹介してくださった南風島渉さん、再刊に尽力してくれた学芸みらい社の小島直人さん、学芸みらい社を紹介してくださった長谷川隆義さん・道子さんに感謝を捧げます。

二〇二〇年六月三十日

班忠義

【著者紹介】

班 忠義（バン・ツォンイ／はん・ちゅうぎ）

1958年、中国遼寧省撫順市生まれ。1978年、黒龍江大学日本語学科入学。82年、文学学士取得。87年に日本へ留学し、翌年、上智大学新聞学研究科入学。91年、文学修士取得。卒業後は作家、ドキュメンタリー映画監督として中国残留孤児・残留婦人の問題に取り組む。90年に懸賞論文「国際貢献と日本の役割」で日本外務大臣賞、91年に同「国と人間」で毎日新聞賞受賞。92年に本書の元となる応募論文で第7回ノンフィクション朝日ジャーナル大賞受賞。同年末に『曽おばさんの海』として朝日新聞社より刊行された。

その他の著書――『近くて遠い祖国』（ゆまに書房、1995年）、『ガイサンシー（蓋山西）とその姉妹たち』（梨の木舎、2006年）、『亡命　遥かなり天安門』〔翰光（ハングアン）名義〕（岩波書店、2011年）、『声なき人たちに光を――旧軍人と中国人"慰安婦"の20年間の記録』（いのちのことば社、2015年）、『太陽がほしい――「慰安婦」とよばれた中国女性たちの人生の記録』（合同出版、2016年）。

ドキュメンタリー映画監督作品――『チョンおばさんのクニ』（2000年）、『ガイサンシーとその姉妹たち』（2005年）、『亡命』（2011年）、『太陽がほしい』（2015年／劇場版2018年）。『太陽がほしい』で「2018インドネシア ジャカルタ映画祭／白金賞」「2018アジア太平洋国際監督映画祭／ゴールド賞」「2018アムステルダム フィルムメーカー国際映画祭／最優秀外国語ドキュメンタリー映画賞」「2018アメリカ ルイビル国際映画祭／最優秀外国語ドキュメンタリー映画賞」受賞。

曽おばさんの海

2020年8月25日　初版発行

著　者――班 忠義

発行者――小島直人

発行所――株式会社 学芸みらい社

〒162-0833 東京都新宿区箪笥町31　箪笥町SKビル

電話番号 03-5227-1266

http://www.gakugeimirai.jp/

e-mail:info@gakugeimirai.jp

印刷所・製本所――シナノ印刷株式会社

目次・表紙デザイン――吉久隆志・古川美佐（エディプレッション）

本文デザイン・組版――有限会社トム・プライズ

カバー作品――直井恵

落丁・乱丁本は弊社宛てにお送りください。送料弊社負担でお取り替えいたします。

ISBN 978-4-909783-47-9　C0036

本書は一九九二年十二月に朝日新聞社より刊行された
『曽おばさんの海』を加筆・再編集の上、
新版として刊行するものです。